YASMINA KHADRA: MORITURI

Yasmina Khadra

# MORITURI

Aus dem Französischen übersetzt
von Bernd Ziermann und Regina Keil-Sagawe

Mit einem Nachwort von
Beate Burtscher-Bechter

Haymon

Originaltitel:
*Morituri*


Die Deutsche Bibliothek – CIP-Einheitsaufnahme

*Khadra, Yasmina:*
Morituri : Roman / Yasmina Khadra. Aus dem Franz. von
Bernd Ziermann und Regina Keil-Sagawe. Mit einem Nachwort von
Beate Burschter-Bechter. – Innsbruck : Haymon-Verlag, 1999
ISBN 3-85218-307-3


2. Auflage Februar 2001


Umschlaggestaltung: Benno Peter
Gesamtherstellung: Wiener Verlag, Himberg

*Die großen Epochen unseres Lebens liegen dort*
*wo wir den Muth gewinnen,*
*unser Böses als unser Bestes umzutaufen.*
*(F. Nietzsche)*

## Zur Bedeutung einiger der vorkommenden Namen:

ABOU KALYBSE: Wortspiel ausgehend von *Apokalypse. Abou* (Vater von) und *Kalybse*, dem Kalypse entspricht, da das harte p im arabischen Alphabet nicht existiert.
BLISS: Abgeleitet von *Iblis*, dem Namen des Teufels im Koran, wo die Frau mit dem Teufel verglichen wird. 1990 war der Slogan des FIS für die Wahlen: *Dad bliss vote FIS* (Gegen Bliss, wähl den FIS).
DINE: Religion. Auf Arabisch der Anfang einer Beschimpfung: *Naa dine babek* (Verflucht sei die Religion deines Vaters)
GHOUL: Menschenfresser; im übertragenen Sinn: böser Besitzer
HAJ GARN: Horn
LANKABOUT: Spinne
NAHS: Unglück

EINIGE ARABISCHE ODER ISLAMISCHE AUSDRÜCKE UND NAMEN sind in Fußnoten erläutert. Bei den nicht erklärten, weil als bekannt vorausgesetzten Begriffen (z.B. *Imam, Ramadan, Fatwa*) ist zu beachten, daß *Emir* nicht nur ein Herrschertitel ist, sondern daß in Algerien die Anführer der Islamisten so genannt werden.

# 1

Blutüberströmt liegt der Horizont da und bringt durch einen Kaiserschnitt einen Tag zur Welt, für den sich die Mühe letztlich nicht gelohnt haben wird. Ich wälze mich aus den Federn, völlig geschafft von einem unruhigen Schlaf, aus dem ich beim leisesten Geräusch hochgeschreckt bin. Die Zeiten sind hart: wie schnell ist ein Unglück geschehen.

Mina schnarcht unweit von mir und meiner Lustlosigkeit, aufgequollen wie ein ranziger Teig, ein Stück ihres Busens liegt achtlos auf dem Rand der Decke. Lang ist es her, daß ich bei der harmlosesten Berührung auf sie abgefahren bin. Damals saß mir der Orgasmus direkt unter der Haut. Und mein Stolz hatte vor allem mit Potenz, mein Positivismus mit Fortpflanzung zu tun. Heute ist mein armes Aschenputtel ebenso degeneriert wie der allgemeine Geisteszustand, besitzt nicht mehr Anziehungskraft als ein liegengelassenes Abschleppseil, ist aber wenigstens da, wenn nachts die Angst in mir hochkriecht.

Ich schlüpfe in meinen Anzug Marke „Proletarier wider Willen", schütte ein seifig schmeckendes Gebräu hinunter und verbringe eine volle Viertelstunde auf der Lauer hinter meinem Fenster, für den Fall, daß ein Terrorist vorhaben sollte, mir den mit Vorurteilen vollgestopften Schädel wegzupusten. Die Luft scheint rein. Ein Müllmann räumt gerade den Abfall weg, der morgen garantiert wieder dasein wird, ansonsten ist die Straße so verlassen wie das Paradies.

Von meinem Haus zur Garage, in der mein Auto geparkt ist, sind es zweihundert Meter. Früher habe ich sie in einem Stück zurückgelegt. Heute ist das eine Expedition. Alles scheint mir verdächtig. Jeder Schritt bedeutet Gefahr. Manchmal habe ich solchen Schiß, daß ich am liebsten umkehren würde.

Der Parkwächter ist ein guter Kerl. Ich tue ihm leid. In seiner naiven Sicht der Dinge bin ich so gut wie tot. Er ist geradezu überrascht, mich Tag für Tag überleben zu sehen.

Besonders nah standen wir uns nie. Unsere Beziehung beschränkte sich auf „Guten-Morgen-Guten-Abend". Aber wenn er mal ein Problemchen hatte, wußte er stets, wo ich zu finden war. Wenn er mit verstörter Miene zu den unmöglichsten Zeiten bei mir auftauchte, beruhigte ihn schon mein bloßer Anblick. Ich war der nette Bulle des Viertels, allzeit selbstlos und hilfsbereit, und meine vier Wände, die ansonsten wenig Ähnlichkeit mit einem Beichtstuhl aufweisen, empfingen ohne Ansehen von Sitte und Rasse endlose Scharen von Außenseitern. Obwohl ich nicht der Prophet war, schien mir, daß ich eine Herde Schäfchen hatte, mit der man zehn Revolutionen hätte bestreiten können. Doch dann fingen sie an, meine Kollegen abzuknallen, und die Welt um mich herum entvölkerte sich schlagartig. Auf der Straße tut man nun so, als kenne man mich nicht. Sich in der Nähe eines Bullen aufzuhalten heißt, sich verdammt in Gefahr zu bringen. Vor allem, wenn es von überall her knallt. Niemand wagt mehr, mich mit der leisesten Geste zu grüßen, nicht einmal mit einem verstohlenen Blick. Niemand erinnert sich mehr an die kleinen Gefälligkeiten, die ich ihm früher einmal erwiesen, oder an das Wespennest, aus dem ich ihn einst herausgeholt habe. Im Land der vier Winde drehen sich die Wetterfahnen im Kreis.

Von nun an bin ich „der Bulle" und damit basta. Man erwartet von mir, daß ich die bevorzugte Zielscheibe abgebe und ansonsten die Klappe halte. Deshalb empfängt mich der Parkwächter mit Trauermiene und begleitet mich zu meinem Auto wie zu einem Begräbnis. Keine hektische Verbeugung mehr, kein Tremolo mehr in seinem „Guten-Tag-Herr-Kommissar", keine an Scheinheiligkeit grenzende Untertänigkeit. Mein Parkwächter zeigt fast so etwas wie Herablassung. Sicher, er ist nichts, aber er riskiert auch nichts. In gewissem Sinn rächt er sich an der sozialen Hierarchie.

Ich komme mit einer Stunde Verspätung in der Zentrale an. Sicherheit verpflichtet. Es wurde uns eindringlich nahegelegt, unsere Gewohnheiten täglich zu ändern.

Der Amtsdiener überfällt mich im selben Moment, als ich das Gebäude betrete. „Der Chef verlangt nach Ihnen."

„Sag ihm, daß man mich gerade umgebracht hat."

Ich schiebe ihn genervt zur Seite und rausche an ihm vorbei in mein Büro.

Lino, mein Leutnant, ist schon da. Früher war er Weltmeister im Blaumachen. Andauernd hinter seinen kleinen Intrigen, seinen Bestechungen und seinen Huren her. Er hatte begriffen, daß Wunder im Sultanat der Cliquen und Klüngel eine Frage von Verhandlungen sind. Er verdiente nur ein paar Groschen, genoß keinerlei Vergünstigungen und nicht die geringste Sicherheit. Um an eine Wohnung heranzukommen, hätte er ein besserer Schleimer sein müssen. Und um eine Familie zu gründen, hätte er nicht nur einen harten Schwanz, sondern auch spitze Ellenbogen gebraucht. So wurstelte sich Lino durch den Dschungel unserer Gesellschaft.

In einem Land, in dem man früh aufstehen muß, um einen schäbigen Kühlschrank zu ergattern, darf man von der Wache nicht erwarten, daß sie abends lange aufbleibt. Deshalb habe ich bei seinen Geschäften immer mitleidig ein Auge zugedrückt.

Aber mit einem Mal wurde Lino kreuzbrav. Er ist jetzt schon vor dem Amtsdiener im Büro. Was ganz normal ist, immerhin verbringt er dort die Nacht. Zu sich nach Hause, nach Bab-el-Oued, geht er nicht mehr, seit ein Trio von Bärtigen an seiner Halsschlagader Maß genommen hat, um ein passendes Messer für ihn auszusuchen.

Jetzt ist er traumatisiert, der Leutnant. Traut sich kaum in die Nähe des Fensters. Am Abend, wenn er das Licht zum Schlafengehen löscht, hat er dermaßen Schiß, daß man das Klappern seiner Gallensteine hören könnte.

Da sitzt er also hinter seiner Schreibmaschine, mit tiefen Schatten unter den Augen seines Pierrotgesichts. An den Fingern hat er schon keine Nägel mehr, aus seinem Blick ist jeder Ausdruck gewichen, der ganze Kerl sieht zum Steinerweichen mitleiderregend aus.

„Weißt du, was den Burschen passiert, die sich zu viele Sorgen machen, Lino? Sie bekommen glatzköpfige Kinder."

„Ich weiß nicht einmal, ob ich morgen noch von dieser Welt bin."

„Bade dich nur in deinem Opferlamm-Pessimismus. Wen rührt das heute noch ... Hast du den Bericht gelesen?"

„Ja."

„Bilanz?"

„Zwei Schulen, eine Fabrik, eine Brücke, ein Stadtpark und dreiundvierzig Strommasten zerstört."

„Menschliche Verluste?"

„Drei Polizisten, ein Soldat auf Urlaub, ein Lehrer und vier Feuerwehrleute."

„Warum die Feuerwehrleute?"

„Die Leiche, die sie gerade wegbringen wollten, war vermint."

„Nun ja ..."

Ich krame eine Akte hervor, die seit Urzeiten in den Tiefen der Schublade verschimmelt. Ein paar lose Blätter, das Photo eines Spitzbärtigen in afghanischer Soutane und eine Hexenjagd, die im schlimmsten Fall nie mehr aufhören wird.

Ich betrachte den Guru auf dem Photo: achtundzwanzig Jahre. Nie in der Schule gewesen. Immer arbeitslos. Messianische Reisen quer durch Asien, reißerische Predigten und ein unversöhnlicher Haß auf die ganze Welt. Und ausgerechnet der spielt sich als Weltverbesserer auf: vierunddreißig Morde, zwei Bände voller Fatwas, einen Harem in jedem Untergrundnest und jeder seiner Finger ein Zepter.

Wahrhaftig, es sind die Erleuchteten, die das Feuer der Hölle schüren.

Ich kannte einmal einen kleinen Dealer. Einen ganz und gar abstoßenden Dreckskerl, in der Todsünde war er so in seinem Element wie die Filzlaus in der Unterhose eines Hippies. Heute hat er eine abgesägte Schrotflinte in der Hand und einen Koranvers auf den Lippen und rächt sich munter an allen, die ihm einmal Schwierigkeiten gemacht haben.

Ob es den verehrten Imamen gefällt oder nicht, falls dieses Miststück je im Paradies stranden sollte, lasse ich mich von einem Klempner kastrieren.

Beim Pöbel gilt er trotzdem als Märtyrer. Seit der Terrorismus im Namen der Religion antritt, wissen die kleinen Leute nicht mehr wohin. Alles, was nach Fundamentalismus riecht, verunsichert sie. Wie seit jeher lassen sie die Tragödie über sich ergehen und halten sich nicht weiter damit auf. „Nach mir die Sintflut!" sagt schon das alte Sprichwort. Und keine Einsamkeit ist schlimmer als die Einsamkeit des Schiffbrüchigen.

Vielleicht werde ich eines Tages wieder sorglos durch die Straßen meiner Stadt schlendern können. Wird die Nacht mir im Schlaf zärtliche Geheimnisse offenbaren. Werde ich Kinder um mich haben und auf der Nase eine Sonnenbrille, um mich wie auf Kreuzfahrt zu fühlen. Werde ich es mir wieder erlauben können, ins Theater zu gehen, über meine Mißgeschicke zu lachen, oder auch nur meine Milch beim Krämer um die Ecke zu holen, ohne mich vor jedem Gaffer zu fürchten. Aber ich glaube nicht, daß ich meine Mitbürger je wieder mit den gleichen Augen wie früher ansehen werde. Etwas hat das Band zum Heimathafen für immer gekappt. Groll werde ich keinen hegen, dafür ist in meinem Schmerz kein Platz, aber die Schmeicheleien der süßesten Mädchen könnten mich nicht mit denen versöhnen, die ich heute für meine möglichen Totengräber halte.

Ich werde für meine Freunde nur mehr lauwarme Gefühle aufbringen, und der Nachbar vom selben Stock wird mir so fremd vorkommen wie ein Indianer in Wyoming.

Die Überlebenden dieses Wahnsinns von einem Krieg werden durch meine Gedanken spuken wie Geister, die aus ihren Gräbern verbannt sind und vor denen sich die Häuser verschließen, die irgendwo zwischen Himmel und Erde schweben, zu schuldbeladen, um sich Gott zu nähern, und zu verrufen, um sich zu den Menschen zu gesellen.

Nichts wird mehr sein wie zuvor. Die Lieder, die mich einmal begeistert haben, werden nicht mehr zu mir vordringen. Die Brise, die verspielt durch die nächtlichen Buchten streicht, wird mich nie wieder in Träumereien wiegen. Nichts wird mir die Lichtblicke der wenigen Momente des Vergessens aufheitern, denn nach allem, was ich gesehen habe, kann ich niemals wieder glücklich sein.

Während ich so meine düsteren Gedanken wälze, kommt der Amtsdiener zurück und erinnert mich an die Ungeduld des Chefs.

Behäbig wie ein Elefant, der sich seines bevorstehenden Todes bewußt ist, wuchte ich meinen Hintern aus dem engen Stuhl, keuche die achtundsechzig Stufen der Stiege bis in den dritten Stock hinauf – der Lift ist ausschließlich für den persönlichen Gebrauch des Chefs bestimmt – und bringe ganz nebenbei wieder mein Rheuma auf Trab.

Der Chef macht sich hinter seinem Schreibtisch breit. In all dem Luxus sieht er wie ein Denkmal aus. Doch bei genauerer Betrachtung ist er nur eine Schießbudenfigur, die im falschen Zirkuszelt sitzt.

Er ignoriert meinen ordnungsgemäßen Gruß und schiebt wortlos ein Stück Papier in meine Richtung. „Ich habe keine Zeit, mich drum zu kümmern", verkündet er mir und vertieft sich wieder ins Feilen seiner Fingernägel.

„Was ist es denn?"

„Der Schwiegersohn von Herrn Ghoul Malek ..."

„Der Ex-Star der Republik ...? Hat man ihn umgebracht?"

Empört fährt er auf: „Er feiert die Einweihung seines neuen Wohnsitzes."

„Und dafür wendet er sich an die Kripo?"

„Das ist eine Einladung. Ich kann nicht hingehen. Ich bin verhindert."

Weil ich immer noch nicht verstehe, redet er Klartext: „Du sollst mich da vertreten."

„Ich habe auch jede Menge Arbeit", protestiere ich, während mir bei dem Gedanken daran speiübel wird, mich bei diesem mondänen, meineidigen Schuft einzuschmeicheln, den ich wie selten jemanden verachte.

„Das ist ein Befehl!" Daraufhin dreht er samt Sessel ab und präsentiert mir einen Rücken von der Breite der Berliner Mauer. So stell ich sie mir jedenfalls vor, in der Hoffnung, auch ihn eines Tages stürzen zu sehen, obwohl ich ja überzeugt bin, daß Wunder nur etwas für fromme Christen sind.

## 2

Ich stöbere eine Stunde lang in meinem Kleiderfundus und kann schließlich doch nur eine clowneske Krawatte finden, die noch aus der Zeit vor der Verstaatlichung der Kohlenwasserstoffwerke stammt.

Mina betrachtet mich im Spiegel. Von Zeit zu Zeit streicht

sie eine rebellische Locke in meiner Mähne glatt, schnippt mit dem Finger ein Staubkorn von meiner Weste, sie ist so sanft, so aufmerksam, viel zu verliebt, um in mir den losgelassenen Bauerntölpel zu sehen, den ich aber trotzdem ziemlich glaubwürdig verkörpere.

„Macht dich jünger", meint sie.

Möglich: der Anzug stammt noch aus der Zeit, als sich die Revolutionen, die die Regierung mit der Geschicklichkeit eines Taschenspielers für uns aus dem Ärmel schüttelte, gegenseitig das Feld streitig machten. Damals machte der billige Tergalstoff einen zum angepaßten Sozialisten, und die Demagogen schätzten ihn, selbst wenn ihr eigener glänzender Alpakastoff fast schon an Ketzerei grenzte.

Ich steige in meine Rostlaube und brause nach Hydra, dem schicksten Viertel von Algier. In diesen wechselvollen Zeiten erinnert es an eine verbotene Stadt. Kein Fundamentalistenbart hat hier je auch nur eine Mimose gestreift, kein Pulverdampf je die Süße seines Glückes getrübt. Die Krösusse des Landes verleben hier mit vollem Wanst und ewig habgierigem Blick ihre Pension.

Algeriens Kriege zeichnet jene unergründliche Besonderheit aus, daß sich die Krieger immer darin täuschen, wer ihre eigentlichen Feinde sind.

Nach seinem Gehaltszettel – angeblich ist er Funktionär – zu schließen, hat der Schwiegersohn von Herrn Ghoul Malek gerade so viel, um sich von Brötchen ernähren und sich ein Dutzend Unterhosen pro Fünfjahresplan kaufen zu können. Trotzdem steht seine neue Bleibe dem Club Med in nichts nach: über dreihundert Quadratmeter, mit Lampions, Girlanden und Ballons bestückt, die so groß sind wie die der Brüder Montgolfier. Es gibt sogar einen Parkplatz, speziell für diesen Anlaß eingerichtet. Funkelnde Luxuskarossen, soweit das Auge reicht. Ich parke meinen alten Zastava zwischen zwei Mercedes. Als ich aussteige, habe ich das Gefühl, daß meine Blechkiste geschrumpft ist.

Zwei Riesen tauchen auf, um sich zu vergewissern, daß ich nicht aus Lesotho komme. Sie überprüfen die Gästeliste und stellen zu ihrem Bedauern fest, daß mein Name darauf steht.

Einen Moment lang versinke ich staunend in den Anblick des Günstlingspalastes: ein Erdgeschoß, das jeden Emir von Kuwait vor Neid erblassen ließe, zwei Etagen, von denen jede mich einzeln umhaut. Nichts als Marmor aus Übersee, eine einzige mörderische Provokation!

Ich halte eine Schweigeminute und denke daran, was die Widerstandskämpfer einst geschworen haben, gedenke der hingemordeten Intellektuellen, jener Märtyrer des Wissens, und an meine eigenen Ideale. Dann erklimme ich mit dem Mut der Flucht nach vorn wie der Delinquent, der das Schafott besteigt, eine Freitreppe à la Hollywood.

Ein Hanswurst mit dem Getue eines importierten Zeremonienmeisters nimmt mich mit einer Miene in Empfang, als bekäme er am frühen Morgen ein Strafmandat. Beim Anblick meiner Aufmachung springen ihm fast die Augenbrauen aus dem Gesicht.

„Für Dienstboten ist der Hintereingang da", erklärt er mir förmlich.

„Und was treibst du dann hier vorn?"

Als er merkt, daß ich stur bleibe, klatscht er geheimnistuerisch in die Hände. Drei widerwärtige Kerle mit bulligen Schädeln und Backenknochen, die die Stoßstangen jedes Geländewagens einschüchtern könnten, tauchen plötzlich vor mir auf.

„Kommissar Llob", bremse ich schleunigst ihren Ansturm.

Das trifft den Zeremonienmeister hart. Er stöhnt bestürzt auf: „Armes Algerien!"

Der Salon ist fast genauso groß wie meine Verbitterung.

Mein Magengeschwür beschließt spontan, wieder zu wachsen. Es sind viele Leute da. Jeder trägt seinen Rang zur Schau wie einst sein väterlicher Stallknecht den Sattel seines Herrn. Ich versuche, sie mit Pinguinen zu vergleichen, wie sie da stehen, in ihren strengen Smoking gezwängt, aber es gelingt mir nicht. Sie sind so schön, so elegant, so glücklich. Kein Zweifel, denen da gehört die Welt: für sie allein geht die Sonne auf. Der Krieg, der das Land mit seinen Verwüstungen überzieht, traut sich nicht bis zu ihren Ländereien vor. Für sie ist das Ganze nur Umstürzlerei.

Unter den Gästen erkenne ich einige hohe Tiere wieder: Dahmane Faid, den Milliardär, ein paar Abgeordnete, den Schriftsteller Sid Lankabout, einige Damen, aufgeputzt wie Christbäume, ein paar junge Mädchen, die selbst den Stengel einer alten Melone wieder hochbrächten ... Und inmitten von alledem ich. Wie eine Wanze auf einem fliegenden Teppich.

Ich kann mir noch so oft vorsagen, daß ich zumindest ehrlich bin, daß mein Gewissen blütenweiß ist und an meinen Ersparnissen kein Blut klebt – nichts zu machen. Wie rechtschaffen und vernünftig ich auch sein mag, neben diesen Leuten da verdiene ich nicht mehr Aufmerksamkeit als ein Fußabtreter.

Bei meinem Anblick hört Sid Lankabout auf, sich zwischen den Schönlingen um ihn herum aufzuplustern. „Der hat uns gerade noch gefehlt!" lese ich von seinen Lippen ab.

„Schau an, schau an", gurrt es hinter meinem Rücken, „ist das nicht unser lieber Herr Kommissar?"

Ich drehe mich um. Es ist Haj Garne. Beim Anblick seines scheinheiligen Lächelns krieg ich Magenkrämpfe.

Haj Garne ist einer der gefährlichsten Freibeuter in den hiesigen trüben Gewässern. Als notorischer Perversling, der er ist, brächte ihn sogar ein Auspuffrohr auf allerlei Gedanken. Es heißt, daß unser herausragender Anhänger der Analwissenschaften sich alles reinzieht, was sich bewegt, mit Ausnahme der Uhrzeiger, und alles was aufrecht steht, mit Ausnahme von Meßlatten, überhaupt alles, was man angreifen kann, mit Ausnahme eines Gerichtsprotokolls.

Seine schleimige Hand streichelt instinktiv mein Handgelenk und nähert sich dann bedrohlich meinem Rückenende. Ich weiche vorbeugend zurück. Mein Alter und meine erschlaffte Haut würden mich nie ausreichend vor seinen fragwürdigen Praktiken schützen.

„Noch immer so mollig, mein Mäuschen?"

„Das sind die Nerven."

Er fährt mit den Fingern über seinen Schurkenschnurrbart, mustert ausgiebig meine Verkleidung als Bauer im Sonntagsstaat und blickt betrübt drein: „Deine Ehrlichkeit hat dich nicht weit gebracht, lieber Kommissar. Ich hoffe, daß du so halbwegs über die Runden kommst."

„Im großen und ganzen."

Er kichert. Und mustert von neuem mein altes Jackett, meine zerknitterte Hose, meine ausgetretenen Schuhe: „Dein Problem, Llob, ist die Stagnation. Du bist die gleiche Vogelscheuche geblieben, die du vor dreißig Jahren warst. Wirklich jammerschade. Wann wirst du lernen, über deine Nasenspitze hinauszuschauen?"

„Meine Nase ist leider zu lang."

Er schüttelt den Kopf, verzieht den Mund und grunzt: „Du weißt ja gar nicht, was für eine Jammergestalt du abgibst, Alter. Eines Tages wirst du dich nicht mehr trauen, deinem Spiegelbild gegenüberzutreten. Man spuckt auf keinen vorbeifahrenden Zug. Dabei bekommt man nur seine eigene Spucke ins Gesicht."

Er verschwindet.

Eine Art Gräfin bemerkt mich und deutet mir näherzukommen. Ich sehe mich um, ob nicht noch jemand da ist. Die

Gräfin verneint mit der Nasenspitze und zeigt energisch mit dem Finger auf mich. Dann brandet sie mit ihrem Pottwalleib auf mich zu und streckt mir ihre Flosse entgegen.

„Oh!“ frohlockt sie und wiegt sich schlangengleich in den Hüften, „Kommissar Llob, endlich, Sie hier vor mir, in Fleisch und Blut. Ich wollte Sie schon so lange kennenlernen! Wissen Sie eigentlich, daß Sie mein Lieblingsschriftsteller sind?“

„Das ist mir neu.“

„Doch, doch. Sie sind der Beste. Sie haben unglaublich viel Talent.“

„Das kommt daher, daß ich nicht genug Geld habe ...“

„Das stimmt nicht. Das hat damit gar nichts zu tun.“ Sie tritt zurück, um mich in Augenschein nehmen zu können. „Was machen Sie denn für ein Gesicht!“

„Dazu müßte ich erst eines haben.“

Laut lachend wirft sie den Kopf ins Genick, so weit, daß man fast das Muster ihres Slips erkennen kann, dann nimmt sie mich, gerührt über mein frustriertes Neidhammelgesicht, beim Arm und drückt mich heftig gegen ihren Busen:

„Hören Sie, Kommissar. Ich plane, einen Gala-Abend bei mir zu geben, um eine Hilfsorganisation zu gründen. Ich würde mich sehr freuen, Sie unter meinen Freunden begrüßen zu können.“

„Das ist sehr freundlich von Ihnen, Madame ...“

„Lankabout, Fatima Lankabout, die Gattin von Sid. Freunde nennen mich Fa, wie die Kosmetikmarke. Noch etwas, Kommissar. Bitte verzeihen Sie vielmals meine Indiskretion – wir Frauen sind nun einmal so –, aber ganz ehrlich, sind Sie Autodidakt?“

„Nur autochthon.“

Sie verschlingt mich mit den Augen. Kein Zweifel, sie ist fasziniert von mir. Aber eher würde ich ein Mausoleum schänden, als ihr den versteckten Teil meines Eisberges zu zeigen.

Ich schenke ihr ein keusches Lächeln und beeile mich, zwischen all den hohen Tieren unterzutauchen.

Der Schwiegersohn von Ghoul Malek überfällt mich mit der Gefräßigkeit eines Ameisenlöwen.

„Du bist also doch gekommen!" jauchzt er. „Dein Chef war skeptisch, aber ich war mir sicher, daß du auftauchen würdest. Du hast vielleicht deine Prinzipien, aber deine Neugier kannst du nicht im Zaume halten."

„Berufskrankheit."

„Nun", meint er, während er mir sein Reich zeigt, „wie findest du es? Gefällt dir mein Ghetto?"

„Nur keine falsche Bescheidenheit. Im Land der Straffreiheit wird von den Haien erwartet, daß sie den Rachen doppelt voll nehmen."

Er lacht, packt mich am Ellenbogen und zieht mich hinter sich her. „Komm, ich stelle dich ein paar Freunden vor. Könnte sein, daß unter ihnen jemand ist, der dir deine Kleider kostenlos reinigt."

Ich habe kaum Zeit, meinen Schlips zurechtzurücken, schon führt er mich wie eine surrealistische Trophäe einer Bande von korrupten Beamten vor, die ihre Körperfülle unglaublich stolz zur Schau tragen.

„Messieurs, ich habe die Ehre, Ihnen den genialsten Polizisten des Landes vorzustellen."

Kaum daß sie mir einen Blick schenken, diese Neo-Beys von Algier. Mein ehrwürdiger Vater sagte immer, es gebe keinen schlimmeren Tyrannen als einen zum Sultan aufgestiegenen Eselsführer. Gestern Hirten, heute Würdenträger, haben die Honoratioren meines Landes unglaubliche Reichtümer angehäuft, aber sie werden es niemals schaffen, Volk und Viehbestand auseinanderzuhalten.

Der Größte von ihnen dreht sich um und murrt: „Ist das dein Held?"

Der Stämmigste schneidet eine verächtliche Grimasse und fragt mich: „Wie schaffen Sie es, über einer so abscheulichen Krawatte noch Ihr Lächeln zu bewahren, Kommissar?"

„Dazu brauche ich nur Sie anzuschauen."

Ihre Hoheit ist nicht erfreut. „Vorsicht, Sie sprechen mit einem Abgeordneten!" warnt er mich.

Ich mustere ihn gemächlich von oben bis unten. Wenn er denkt, daß er sich auf seine Immunität als Parlamentspreßwurst mit Hütchen verlassen kann, ist er ein Optimist.

Mein Gastgeber drängt mich in eine Ecke und liest mir die Leviten: „Sachte, Llob, meine Gäste haben einen langen Arm."

„Sie kamen mir doch gleich so schimpansenhaft vor."

„Idiot! Ich gebe dir die Chance, gute Beziehungen anzuknüpfen, und du benimmst dich wie ..."

„Ich habe ein Magengeschwür", unterbreche ich ihn.

„Na und?"

„Mein Hausarzt hat mir davon abgeraten, so edles Weißbrot zu essen."

„Das schwarze ist dir also lieber?"

„Genau."

„Gut, dann bleib dabei."

Spricht's, wendet sich einem zwielichtigen Bürgermeister zu und läßt mich stehen.

Ich fühle mich gar nicht wohl in meiner Haut. Ich versuche, mich einzugewöhnen, aber es ist nicht leicht. Diese Feenwelt, von Musik umspült, in die da und dort das schwärmerische Lachen angetrunkener Weibsbilder einbricht, die Wahnsinnskarossen, die im Park wie heilige Kühe herumstehen, der Prunk und die grenzenlose Überheblichkeit der Bonzen, der Vollmond am Himmel, das verheißungsvolle Rascheln des Reichtums – alles an diesem Ort verursacht mir Brechreiz.

Das Algerien, das ich kenne, ist ganz anders.

In meinem Land quellen die Friedhöfe über vor Tränen und

Blut, die Rechtschaffenen huschen im Schutz der Mauern durch die Gassen, um dem bösen Blick zu entgehen. Hier dagegen, in diesem Taj Mahal revanchistischer Eunuchen, ist alles in Butter. Nicht das geringste Problem, nicht das kleinste Gefühl von Unsicherheit. Die Schurken meiner Heimat haben sich einen abgeschlossenen und keimfreien Mikrokosmos geschaffen. Wenn mir Klettermasten je imposanter als Denkmäler erschienen, dann an diesen Orten des Wohlstands.

Ich sammle meine Minderwertigkeitskomplexe ein, steige in meine Blechkiste, streife absichtlich den Kotflügel einer dicken Limousine – leider ist es mein Zastava, der etwas abbekommt – und holpere mühsam in Richtung der Anhöhen der Stadt, um wieder durchatmen zu können: in einer Luft, die zwar auch stinkt, aber nicht vor Geld.

## 3

Ich sitze in meinem verbeulten Lehnstuhl und beobachte, wie allmählich der Morgen heraufzieht. Die Explosionen und Sirenen haben sich die ganze Nacht über gegenseitig angebrüllt. In der Oberstadt brannte ein Lagerhaus nieder. Hinter dem Hügel ging eine Bombe hoch. Und dann war da noch dieser verdammte Durchzug, der die Poltergeister in meinem Haus zum besten hält und mich bis zum Morgen wachhielt.

Von meinem Fenster aus kann ich das nesselnde Elend der Kasbah sehen, seine Abwasserschwärze, und dahinter das Mittelmeer. Es gab eine Zeit, da es mir, dem eifrigen Patrioten, von meinem Wachturm aus schien, als ginge aus diesen Elendsquartieren, die von Krieg und Not arg gebeutelt waren, der Adel hervor, als sei das pergamentene Gassengewirr die

Heimstatt der Tapferkeit. Das war die Zeit, da Algier weiß wie die Tauben und die Arglosigkeit war, da die Erde in den Augen unserer Kinder soeben wieder neue, jungfräuliche Horizonte gewonnen hatte. Es war die Zeit der Parolen und des Chauvinismus; die Zeit, da die Propaganda es besser als jeder fabulierende Greis verstand, uns das Blaue vom Himmel zu versprechen, während sich der Abend über einen bestürzend nutzlosen Tag herabsenkte.

Heute kriechen unter den Röcken der Nation, aus dem Trümmerhaufen der Mißstände, Ausgeburten des Schreckens hervor, und die Heimat, auf die ich stolz war, ist abstoßender als die schlimmste Barbarei.

Von nun an, nur wenige Schwimmstöße vom Punkt ohne Wiederkehr entfernt, gibt es in meinem Land Kinder, die man einfach so abknallt, nur weil sie in die Schule gehen, und Mädchen, denen man den Kopf abschlägt, nur weil man den anderen Angst einjagen muß.

Von nun an, nur wenige Gebete von Gott entfernt, gibt es in meinem Land Tage, die nur anbrechen, um wieder zu verschwinden, und Nächte, die nur schwarz sind, um sich unserem Gewissen anzugleichen ...

Aber was kann man von einem System erwarten, das sich schon am Morgen seiner Unabhängigkeit auf die Witwen und Waisen seiner eigenen Märtyrer gestürzt hat, um ihnen Gewalt anzutun?

Mina wirft sich unter der Bettdecke hin und her. Ihre Madonnenstimme haucht mir verschlafen zu: „Komm ins Bett."

„Ist ja schon sechs", erwidere ich.

Sie stützt sich auf einen Ellenbogen, wirft mir einen ratlosen Blick zu: „Ich mache mir Sorgen um dich."

„Du machst dir zu Recht Sorgen. Ich habe keine Lebensversicherung."

Ich weiß, daß ich gemein bin. Ich kann nichts dafür.

Ich weiß, daß ich jeden Tag meine Haut riskiere, und das kotzt mich an.

* * *

Lino fängt mich an der Tür zum Kommissariat ab. Sein rechtes Brillenglas ist von einem Spinnennetz überzogen.

„Ich bin draufgestiegen", vertraut er mir an, um mein Mitleid zu erregen.

„Was nur beweist, daß du noch aufrecht stehen kannst."

Er zeigt mit einem vom Streß abgekauten Finger auf das Empfangszimmer: „Aït Méziane wartet seit einer Stunde auf dich."

„Der große Komiker?" freue ich mich.

Der Aït Méziane, der da im Empfangszimmer vor Ungeduld fast vergeht, hat nichts mehr von dem Possenreißer an sich, der auf der Bühne alle Blicke fesselt. Vor mir steht eine Jammergestalt, so aufgelöst wie ihr eigener Schatten, mit einer Miene düster wie die Nacht.

Er betrachtet seine Schuhspitzen, die Finger unauflösbar ineinander verkrampft.

„Was hat dich denn in diesen Zustand versetzt?" frage ich, um seine Anspannung zu lösen.

Er reicht mir wortlos einen Umschlag.

Es ist ein Drohbrief, unterschrieben mit „Abou Kalybse". Er warnt den Künstler, sich ja nicht in der Nähe des Theaters herumzutreiben oder sich noch länger mit den intellektuellen „Handlangern des Satans" zu treffen, und fordert ihn auf, dem Mufti als kleine Unterstützung die bescheidene Summe von einhunderttausend Dinaren zu überweisen.

Ich setze mich ihm gegenüber hin und versuch's mit einem hilflosen Einwand: „Das ist sicher so ein Spaßvogel."

Méziane ringt sich ein erbärmliches Lächeln ab: „Findest du, daß man sich bei uns gut amüsiert?"

Ich weiß nicht, was ich tun soll. Leute in seiner Situation gibt es haufenweise. Am Anfang stellte man ihnen einen Geheimpolizisten zur Seite, um ihre Umgebung zu überwachen, doch mittlerweile, seit die Nachfrage immer größer und unsere Verluste immer empfindlicher wurden, versucht jeder selbst zurechtzukommen und sich nur noch auf den Segen seines Stammesältesten und die Ungeschicklichkeit der Henker zu verlassen.

„Du kennst mich, Llob. Wir sind zusammen aufgewachsen, haben uns den Hosenboden auf denselben Gehsteigen abgewetzt. Ich bin keiner von denen, die beim ersten Floh, den man ihnen ins Ohr setzt, die Alarmglocken läuten hören. Aber diesmal fürchte ich, daß mir mein Lächeln bald im wahrsten Sinne des Wortes im Hals steckenbleibt."

Ich nicke, unfähig, ein aufmunterndes Wort zu finden.

„Ich mache keine Politik. Ich halte keine Polemiken. Das einzige, wofür ich kämpfe, ist das Lachen, Llob. Ich will doch nur die Leute unterhalten, sie entspannen ..."

„Jetzt such nur nicht nach irgendeiner Schuld bei dir, Aït. Die haben doch ganz andere Motive."

„Was soll ich jetzt tun?" fragt er unruhig. „Koffer packen? Beten?"

„Vor allem nicht panisch werden. Es gibt sicher irgendeinen Ausweg. Du hast doch Freunde in Oran oder auch in Constantine. Tauch eine Zeitlang unter, und wir warten ab, bis der Sturm vorüber ist."

„Sie werden mich finden ... und töten."

„Dann geh nach ..."

„Nein!" ruft er, „verlange nicht, daß ich nach Europa ins Exil gehe. Die Leute am anderen Ufer sind zwar nett, aber ich kann keine zwanzig Kilometer entfernt von meinem Wohnblock leben... Was tue ich hier überhaupt, du hast selbst schon genug um die Ohren!"

Er erhebt sich. Es ist, als ginge ein Vorhang auf über den Brettern, die den Pranger bedeuten. Und die Kulissen seiner gequälten Seele liegen abgrundtief dunkel vor mir.

Ich schäme mich, ihn so gehen zu lassen, enttäuscht und verloren wie die Hoffnung, die verpufft, wenn das Gewissen zu Stein wird.

Als Ghoul Malek mich zu sich in die Rue des Pyramides 13 bestellte, war ich kurz davor, mich in meinem Glas zu ersäufen.

Als einflußreiches Mitglied der ehemaligen Nomenklatura war Malek zu Zeiten der Einheitspartei ein besonders gefürchteter Big Brother. Wenn er im Fernsehen auftrat, fehlte nicht viel und man hätte sich hinter dem Vorhang versteckt. Zu seinen Vorrechten zählte es, mit „räudigen Schafen" kurzen Prozeß zu machen, im Handumdrehen Gesetze zu ändern und Frauen sowie Sozialprojekte abtreiben zu lassen: mit einem Wort, er war Herr über den Tag und die Nacht.

Seit der Hysterie vom Oktober 1988 gibt er vor, sich aus der vordersten Reihe zurückgezogen zu haben. In Wahrheit zieht er von seiner majestätischen Residenz in Hydra aus weiterhin die Fäden, und wenn er sich auch nicht mehr auf dem Bildschirm zeigt, sein Ruf als Schwarzer Mann geistert noch immer durch die Köpfe der Leute.

So begann, mit Verlaub, selbst mein kleiner Freund in der Hose zu frösteln, als Maleks Stimme am anderen Ende der Leitung ertönte.

Kurz vor zehn Uhr abends komme ich in der Rue des Pyramides 13 an. Es schüttet in Strömen. Ein paar Blitze schleudern leicht schizophren ihren Bannstrahl auf ein ganz und gar unbeteiligt daliegendes Hydra.

Ich biege in eine von Koniferen gesäumte Schotterallee ein und fahre noch etwa hundert Meter, bevor ich den Palast erreiche. Es dauert eine Weile, bis ich inmitten der Knöpfe, die das Armaturenbrett neben dem Eingang zieren, die Klingel finde.

Die Tür geht auf und zum Vorschein kommt ein Albino-Gorilla.

„Kommissar L..."

„Streifen Sie sich die Schuhe auf dem Vorleger ab!"

Der Ton ist autoritär, von umwerfender Feindseligkeit.

Gelassen putze ich mir die Schuhe ab. Als ich meinen Mantel ablegen will, hält mich der Gorilla zurück: „Den können Sie anlassen, Monsieur. Das Treffen wird nicht lange dauern."

„Ich hoffe es, Schneewittchen, ich hoffe es."

Mein Berberblut verwandelt sich langsam in Nitroglyzerin. Das Monster wirft mir einen vernichtenden Blick zu und entfernt sich unbeeindruckt in Richtung einer gepolsterten Tür.

Ich entspanne mich, während ich den Luxus betrachte, der mir kaum Luft zum Atmen läßt, entdecke eine afrikanische Statuette und gehe näher hin, um sie genauer in Augenschein zu nehmen.

„Achtung, die Alarmanlage!" poltert eine Stimme hinter mir los.

Hochaufgerichtet wie ein Elefant steht Monsieur Ghoul Malek in der Mitte der Halle. Er ähnelt Orson Welles – ohne dessen Talent, versteht sich. Er ist in einen scharlachroten weiten Morgenmantel gehüllt und hält eine Zigarre zwischen den Fingern, an denen ein Ring von der Größe einer Muschel prangt.

Ich deute ein durch und durch professionelles Lächeln an und strecke ihm eine Hand entgegen, die beschämend im Nichts hängenbleibt.

Der einstige Ober-Manitu geht um mich herum und beugt

sich dann über die Statuette. „Neulich abends, bei meinem Schwiegersohn, sind Sie viel zu früh verschwunden."

„Meine Krawatte hat mich gedrückt, Monsieur."

Er macht „Mhm" und wendet sich dann der Statuette zu: „Ich werde nie verstehen, warum so ein morsches Ding so ein Heidengeld kostet."

„Da ist wohl der Reichtum außer Kontrolle geraten, vermute ich."

Er zuckt kurz zusammen, kaschiert es aber gut.

„Verstehen Sie etwas von darstellender Kunst, Kommissar?"

„Ich kann ziemlich sicher den Unterschied zwischen Salvador Dalí und einem einfachen Anstreicher erkennen."

Er nickt. „Man sagt, Sie seien gläubig, Monsieur Llob."

„Da wird schon was dran sein."

„Islamist?"

„Muslim."

„Sieh mal einer an ..."

„Monsieur, es ist schon nach zehn Uhr und ich würde gern vor der Ausgangssperre zu Hause sein."

Er dreht sich um und mustert mich gelassen:

„Man sagt auch, daß Sie ein feinnasiger Spürhund sind."

„Was nur beweist, daß man zuviel redet."

Unvermittelt hält er mir ein Foto unter die Nase:

„Meine Tochter Sabrine."

„Sie ist sehr hübsch."

„Sie ist verschwunden."

Ich nicke. Ohne Grund. Vielleicht aus einheitsparteilicher Gewohnheit. „Hat sie sich schon öfters aus dem Staub gemacht?"

„Sie hatte keinen Grund, so etwas zu tun."

„Ich verstehe. Seit wann ist sie verschwunden ...?"

„Schon seit drei oder vier Wochen."

„Ist sie vielleicht bei Freunden oder Verwandten?"

„Kommissar“, jetzt wird er ungeduldig, „erstens habe ich Sie ausgewählt, weil ich nicht daran interessiert bin, daß sich diese Geschichte herumspricht. Und zweitens, meine Tochter geht nie weg, ohne eine Adresse zu hinterlassen. Außerdem weiß sie, wie man ein Telefon bedient.“

„Ich glaube ...“

„Danke, Kommissar, Sie können jetzt gehen.“

Schon ist der mehlige Gorilla da, um mich hinauszubegleiten.

„Es tut mir leid, aber nur mit einem Foto ...“

„Für einen feinnasigen Spürhund ist das ausreichend. Guten Abend.“

Ungerührt verschwindet der Dickhäuter hinter seiner gepolsterten Tür.

„Folgen Sie mir!“ rülpst mir der Albino in den Nacken.

Das tue ich dann auch. Folgsam. Auf der Schwelle stecke ich ihm einen Zehn-Dinar-Schein in die Tasche: „Kauf dir ein etwas interessanteres Gesicht, Monsieur Yeti.“

Ohne mit der Wimper zu zucken, zieht der Albino den Schein heraus und stopft ihn mir in den Mund. Ehe ich Zeit habe zu reagieren, fällt die Tür vor meiner Nase ins Schloß.

## 4

Versteckt an der Ecke der Rue des Lauriers-Roses liegt das Nachtlokal *Limbes Rouges*. Es wird von Algiers Schickeria besucht und verfügt über eine funkelnde Bar, eine große Tanzfläche, hübsch dekorierte Tische und Nischen, die perfekte Diskretion garantieren. Man serviert importierte Liköre, getrüffelten Fasan und, falls einem der Sinn nach dem Kick künstlicher Paradiese steht, Joints, die einen ins Nirwana entrücken.

Da es ein höchst privates Jagdrevier ist, verkehren hier hohe Funktionäre, die jungfräuliche Knaben lieben – der Grund, warum ein versteckter Hauch von Vaseline in der Luft liegt –, feine Damen, die vor Geilheit zittern, und auch sonst ein Haufen interessanter Leute. Das Essen ist üppig und die Rechnung horrend, so bleibt man unter sich. Wer nicht weiß an Kragen und Hautfarbe ist, hat keine Chance hineinzukommen.

Ein Gigolo mit gedopten Muskeln bewacht den Eingang. Bei meinem Anblick fällt er fast in Ohnmacht, so ungewöhnlich wirke ich in dieser Umgebung. „He, du Pferdehändler!" bellt er, „der Tiermarkt ist am anderen Ende der Stadt."

Ich beachte sein Gejapse nicht, stoße ihn beiseite und dringe in die Grotte der Dämonen vor. Es wimmelt vor dienstbaren Geistern. Alles ganz lautlos. Schön ist das. Samtbespannte Wände mit Pornogemälden und Leuchten in phallischen Formen: äußerst stimulierend.

Eine halbnackte Frau mit fadem Gesicht und strengem Haarknoten entsteigt einem Vorhang. Sie läßt ihren Natterncharme bis hinunter zu meinen Füßen spielen. Doch da der Starter unterhalb meiner Gürtellinie schon seit einer Ewigkeit eingerostet ist, rührt mich ihr Lächeln nicht im geringsten.

„Was kann ich für Sie tun?" zischt sie aus nächster Nähe.

„Für mich nicht viel, aber was die da angeht", ich zeige ihr das Foto von Sabrine, „da sage ich nicht nein. Anscheinend verkehrt sie hier."

„Da ist sie nicht die einzige."

„Kennen Sie sie?"

„Sollte ich ...?"

„Sie ist nicht mehr nach Hause gekommen."

„Es ist nicht unsere Aufgabe, unsere Kunden nach Hause zu bringen. Ist das alles, Inspektor?"

„Kommissar ... Kommissar Llob."

Mein Ruhm erschüttert sie nicht, diese Banause.

„Sie müssen mich entschuldigen. Wir machen in weniger als drei Stunden auf und ich muß noch zwei Truppen zusammenstellen." Ohne meine Erlaubnis abzuwarten, kehrt sie hinter ihren Vorhang zurück.

„Und nun verschwinden Sie, und zwar dalli!" flucht der Gigolo mit den gedopten Muskeln. Und schubst mich buchstäblich auf die Straße. In meinem Alter!

„Und?" erkundigt sich Lino, während er den Motor des Dienstwagens startet.

„Da könnte man genausogut während des Ramadan einen ehrlichen Fleischer suchen."

„Was machen wir jetzt?"

„Schlag was vor!"

Das *Cinq Étoiles* ist ein brandneues Hotel. Vollständig mit dunklen Fenstern verglast. Mit seinen elf Stockwerken, die Stadt und Hügel überragen, gleicht es einem futuristischen Mausoleum. Es heißt, ursprünglich habe man ein Krankenhaus geplant, doch im sechsten Stock sei den guten Vorsätzen die Luft ausgegangen. Leute aus der oberen Etage hätten sich eingemischt. Ab dem neunten Stock hätten die Pläne mit dem Besitzer auch radikal den Inhalt gewechselt, so daß den geladenen Gästen bei der Eröffnung statt der Nationalhymne ein fetziger Rai-Musik-Abend geboten wurde.

Fazit: Die kleinen Leute krepieren weiterhin in unsäglichen Schweineställen, die sich Polikliniken schimpfen ... Ach, was bringt mir das schon, mein Maul aufzureißen, armseliger Bulle, der ich bin, große Klappe und winziger Kopf, der letztlich zu nichts als zur Zielscheibe taugt.

Mit üppigem Busen und reizendem Gesichtchen ist Mademoiselle Anissa ein schönes Stückchen Traum. Hat man ihren Blick erst einmal eingefangen, hält er einen fest. Ihr Lächeln ist so ergreifend schlicht, daß es selbst einen Krüppel schnell auf die Beine brächte.

Sie empfängt uns in ihrer Suite, die ihr zuvorkommenderweise von einem jener menschenfreundlichen Administratoren und Liebhaber der Jugend überlassen wurde, wie sie das gute alte Algerien in Fülle hervorzubringen versteht.

„Ja?“ zwitschert sie und läßt sich einladend auf einem Canapé nieder.

„Die hier fehlt beim Abzählen.“

„Wer?“

„Sabrine Malek.“

„Ich weiß Bescheid. Der Fahrer ihres Vaters hat mich vor ein paar Tagen aufgesucht.“

„Und was wollte er?“

„Er dachte, ich sei ihre Freundin.“

„War sie denn nicht deine Freundin?“

„Ich habe mit meinen Kunden genug.“

Lino kritzelt etwas in seinen Notizblock. Er tut so, als sei es wichtig.

„Kennst du den Papa von Sabrine?“

„Er hat einen Mercedes und einen Albino als Fahrer.“

„Ist das alles?“

„Das ist alles.“

Ich schaue Lino an, und Lino schaut seinen Notizblock an.

„Was genau ist eigentlich dein Beruf?“

„Der älteste der Welt.“

An dieser Stelle bekommt der Leutnant spitze Ohren, zumindest reicht es dafür, daß er den Kopf hebt.

„Übte Sabrine denselben Beruf aus?“

„Ich glaube nicht. Sie ist ein verwöhntes Mädchen. Sie macht ihrer Umgebung gern Schwierigkeiten. Ich bin sicher, daß sie irgendwo hier in der Gegend ist und zuschaut, wie sich die Leute überschlagen. Sabrine ist eine launische Person.“

Dann bleibt ihr Plastikpuppenblick an einer Wanduhr hängen, und sie miaut: „Ich bin spät dran, Kommissar. Ich muß mich noch zurechtmachen. Heute abend wird es voll werden, und ich muß mich beeilen, um früh genug dazusein."

„Wann hast du sie das letzte Mal gesehen?"

„Ich kann mich nicht genau erinnern", sagt sie und steht auf. „Warum fragen Sie nicht im *Limbes Rouges*?"

„Die Besitzerin behauptet, sich nicht an sie zu erinnern."

„Seltsam. Ich habe die beiden für siamesische Zwillinge gehalten."

Lino und ich kehren in die Rue des Lauriers-Roses zurück. Die Besitzerin verschluckt sich fast an ihren falschen Zähnen, als ich sie mit blanken Nippeln und nichts als einem Faden zwischen den Pobacken beim Umziehen überrasche.

„Das ist hier kein Taubenschlag!" protestiert sie.

„... sondern ein Bordell!"

„Ich muß doch sehr bitten, Kommissar, etwas mehr Anstand."

„Wenn Sie es sagen."

Der diensthabende Wachhund will mich schon am Ohr nehmen. Ich täusche links an und boxe ihm in seine Stinke-Eier. Verblüfft über mein Notfallprogramm reißt die Luxuskokotte ihren Mund auf, als wollte sie gerade das fünfte Bein eines Hengstes verschlucken.

„Was wollen Sie eigentlich?"

„Meine Untersuchung fortsetzen."

„Haben Sie eine Dienstanweisung?"

„Nur einen Scheck ohne Deckung."

Sie wird wütend, greift zum Telefon und wählt eine Nummer, die mir bekannt vorkommt.

„He, das ist die Polente, die Sie da anrufen."

„Besser noch, Kommissar, ich rufe Ihren Vorgesetzten an."

Wenn's weiter nichts ist!

Ich gebe auf. Ein Fußtritt noch schnell für den Gigolo, Schuhgröße 43, um mir zu beweisen, daß ich nicht das Allerletzte bin, und schon trete ich schleunigst den Rückzug an.

Am Nachmittag kommt ein Anruf von Ghoul Malek. Er hat eine Stinkwut. Einen Moment lang fürchte ich, seine Hand werde aus dem Hörer kriechen, um mich am Kragen zu packen.

Lino, der zusehen muß, wie ich meine Farbe schneller als ein Chamäleon wechsle, denkt, ich stünde kurz vorm Herzinfarkt. „Ist was nicht in Ordnung, Kommy?"

Mit der freien Hand befehle ich ihm, den Mund zu halten, während ich unterwürfig nicke und unablässig „Gut, M'sieur ... Sehr wohl, M'sieur ..." murmle.

„Ich will Sie in dreißig Minuten bei mir sehen!" donnert der einstige Gott.

„Gut, M'sieur ... Sofort, M'sieur ... Ich bin schon unterwegs, M'sieur ..."

Der Albinogorilla öffnet. Unser Anblick verdrießt ihn. Also wirklich! Angeekelt greift er nach einem Mikrophon und kündigt uns an: „Kommissar Llob, Monsieur. Er ist nicht allein ... Gut, Monsieur."

Er steckt das Mikrophon weg und weist auf einen Gang: „Geradeaus."

Ich darf durch. Lino hat Pech. Als er versucht, über die Schwelle zu treten, stößt ihn der Albino zurück: „Du nicht, du Schuhputzer. Nur das Weichei."

Meine Linke ballt sich zur Faust, doch meinem Mut fehlt es an Durchsetzungskraft.

Lino ist traurig. Wie ein kleiner Junge, dem man den Zutritt ins Kino verweigert.

„Er kann doch im Salon warten", protestiere ich.

„Ist er desinfiziert?"

„Was?"

„In dem Fall wartet er draußen", entscheidet der Albino. Und verschwindet.

Hinter der Tür höre ich Lino seufzen. Armer Hund! Er tut mir in der Seele leid.

Ghoul Malek lungert gemütlich in seinem Korbstuhl am Rand eines kleeblattförmigen Swimmingpools. Aufgedunsen vom Blut des Volks, hängt ihm sein Wanst bis auf die Knie herab. Als er mich über die Fliesen einer Allee heranschlurfen hört, setzt er sich hinter seiner Sonnenbrille in Szene und schiebt sich eine Havanna in den Schlund.

„Tut mir leid für Ihren Begleiter, aber ich habe nicht nach ihm verlangt."

„Das ist mein Partner, er ist Polizeioffizier!"

Der gewagte Unterton in meiner übelgelaunten Stimme mißfällt ihm. Offensichtlich ist er aufmüpfige Bemerkungen nicht gewohnt. Er nimmt die Sonnenbrille ab und schleudert mir einen derart bedeutungsvollen Blick zu, daß mir der Schweiß mein verlängertes Rückgrat hinabrinnt.

„Sie sollten Ihren Schädel mal in den Kühlschrank stecken, Kommissar."

„Warum, Monsieur?"

„Um Ihr Gedächtnis ein wenig aufzufrischen. Ich darf Sie daran erinnern, daß ich größtmögliche Diskretion verlangt hatte."

„Er ist mein Leutnant."

„Werden Sie ihn los."

Nach einem Augenblick tödlicher Stille trompetet er: „Noch eine Klarstellung: Vergessen Sie das *Limbes Rouges*. Das ist ein exklusiver Club. Außerdem haben meine Männer diese Spur schon verfolgt und sind auf nichts gestoßen. Und meine Familie lassen Sie auch aus dem Spiel. Ich habe einen eifersüchtigen Bruder und ein paar verstoßene Cousins, von deren Existenz Sabrine so gut wie gar nichts weiß."

„Dann bleibt mir weiter nichts, als den guten Willen einer Hellseherin zu bemühen, Monsieur."

„Ihr Problem."

„Besteht für Ihre Tochter denn irgendeine Gefahr?"

Seine Züge verformen sich zu einer empörten Grimasse.

„Gefahr? Was ist das, Kommissar?" Er setzt seine Brille wieder auf und blickt durch mich hindurch.

Das Treffen ist beendet.

Der Albino führt mich gewissermaßen *manu militari* ab. Vor der Haustür angekommen, deute ich auf seine Weste. Er fällt tatsächlich auf diesen uralten Trick herein und senkt den Kopf, um zu sehen, was los ist. Ich nütze das aus, um ihm einen Nasenstüber zu verpassen. Doch statt sich als guter Verlierer zu zeigen, versetzt mir der Schurke eine gerade Rechte auf die Prothese und stößt mich auf die Stufen. Lino läuft herbei, um mir aufzuhelfen. Der Albino betrachtet uns einen Moment lang verächtlich, dann schließt er die Tür.

„Das war ein klares Foulspiel", erkläre ich Lino.

„Genau", stimmt mein Untergebener mitleidsvoll zu.

„Eines Tages verpasse ich ihm meine 43er in den Hintern, diesem milchigen Buckelrind."

Lino ringt sich ein zustimmendes Kopfnicken ab. Ohne allzugroße Überzeugung.

## 5

Bliss Nahs ist so etwas wie das Barometer vom Betrieb. Wenn er hinter seinem Schreibtisch Däumchen dreht, ist das ein gutes Zeichen; dann kann man beruhigt weiter seinen Tee trinken. Wenn er hingegen in den anderen Abteilungen umherschleimt, ein Bein auf der Schreibtischkante, während ihm düstere Geschichten aus dem Mund triefen, heißt das, daß sich ein Fluch über alles legt.

Der Kerl ist wie eine Stechmücke: Man kann sich nicht so recht mit ihm anfreunden. Da er sonst zu nichts taugt, hat er sich nach Art des Unglücks darauf verlegt, einem die Freude zu verderben.

Ich vermute, der Direktor hat ihn mir nur zugeteilt, um mich im Auge zu behalten. Seit er mir den Unglückspropheten ins Kielwasser gehängt hat, kann ich nicht einmal mehr die Wasserspülung ohne Wissen der Obrigkeit betätigen.

An diesem Morgen ist er ganz außer sich, drum spucke ich nach altem Brauch schnell unter mein Hemd, um die unheilvollen Einflüsse abzuwehren.

Lino tut, als räume er Schubladen auf, ganz offenkundig, um den Pechspritzern zu entgehen. Inspektor Serdj, ein unverbesserlicher Fatalist, murmelt Beschwörungsformeln und Baya, die Sekretärin, steht unter Schock: Sie hat gerade bemerkt, daß ihr Taschenspiegel einen Sprung bekommen hat.

„Kommissar!" schreit Bliss, „du wirst es nicht glauben ..."

Der Meister der Katastrophenstimmung hat solchen Mundgeruch, daß ich mir mit der Hand vor dem Gesicht hin und her fächle.

„Keine Zeit!"

Sein Enthusiasmus erlischt auf der Stelle. „Ich bin doch kein Pestkranker, zum Teufel! Ich habe auch meinen Stolz."

„Dann nimm ein Putzmittel und poliere ihn auf, er ist nicht ganz sauber."

„Ich habe das Recht auf denselben Respekt wie die anderen Kollegen. Es ist nicht fair, mich so zu behandeln. Verdammt, wir sind im Krieg! Wir müssen zusammenhalten", jammert er und zieht sich in seine Nische zurück.

„Mein Hals ist schon ganz steif", stöhnt Lino und kommt aus seinem Versteck hervor. „Wegen diesem Kauz bricht noch mal mein Magengeschwür auf. Sag mal, Kommy, kannst du es nicht einrichten, daß er weit weg versetzt wird?"

„Unmöglich. Er hat eine Schwester in der Verwaltung, die läßt es sich von vorn und hinten besorgen."

Baya spielt die Verlegene und versteckt das Gesicht in den Händen.

Ich bedeute meinen Sklaven mit einer Kopfbewegung, mir zu folgen. Sobald wir allein sind, nehme ich ihre Berichte entgegen. Den Anfang macht Lino, der am meisten Ehrgeiz hat und in der Hierarchie am höchsten steht. Er blättert in seinem Notizblock. Ich weiß, daß nichts drinsteht, doch sein Bluff erlaubt mir erst einmal durchzuatmen.

„Sabrine Malek, blond, grüne Augen... Wo hab ich sie nur, wo hab ich sie nur...? Ah! Da ist sie ja. Seite 19. Das Mädchen hat Hummeln im Hintern. Die kann nicht stillsitzen. Gilt in der Schule trotz heißem Outfit nicht gerade als Kanone..."

„Das letzte Mal hat man sie vor drei Wochen gesichtet", fährt Serdj fort. „War mit einem gewissen Mourad Atti zusammen, ein Zuhälter, wenn er nicht gerade im Gefängnis sitzt."

„Nach den Aussagen ihrer Klassenkameradinnen ist sie andauernd abgehauen. Hat nie bis zum Ende der Stunde durchgehalten. Ein echtes Problemkind. Nicht sonderlich beliebt."

„Wir müssen ihn finden, diesen Mour..."

Ich habe den Satz noch nicht beendet, als eine gewaltige Explosion das Gebäude erschüttert. Gleich darauf brechen Geschrei und Menschenmassen über uns herein. Lino ist wie versteinert, die Brille ganz vorn auf der Nasenspitze. Ich schiebe Serdj beiseite und renne auf den Gang. Der Chef krakeelt vom dritten Stockwerk herunter. Niemand beachtet ihn. Alles drängt mit verzerrten Gesichtern zum Hof, kalt läuft es uns über den Rücken.

Draußen schickt sich ein fahler Himmel an, die Wolken wieder zusammenzuflicken. Auf der Straße umringen Gaffer das Drama, ohne zu begreifen, was vor sich geht. Ein Auto brennt, die Räder in der Luft. Schwarze Rauchschwaden ziehen über die Fassaden. Verstümmelte Körper liegen blutüberströmt auf dem Asphalt.

„Autobombe", stammelt der diensthabende Polizist. „Der Junge ist durch die Luft geflogen wie ein brennendes Holzscheit."

Irgendwer brüllt nach einem Krankenwagen. Die Schreie holen uns in die Realität zurück. Die Leute wachen aus ihrer Betäubung auf, werden sich ihrer Wunden und des Grauens bewußt. Sofort bricht Panik aus. Innerhalb von Minuten verhüllt die Sonne ihr Gesicht, und die Nacht – finsterste Nacht – bricht am hellichten Vormittag über uns herein.

Mina hat mir Zwiebelsuppe gemacht. Mein Lieblingsessen. Schweigend sitze ich am Tisch und starre auf meinen Teller, ohne ihn zu sehen. Der Gedanke an Essen verursacht mir Übelkeit. Kaum schließe ich die Augen, explodiert in meinem Kopf die Autobombe, und ihre Schockwelle schlägt mir erneut in die Magengrube.

Ich weiß nicht mehr, wer mich nach Hause gebracht hat. Ich weiß nur noch, daß ich meinen Zastava nicht mehr starten konnte. Das Bild der zerfetzten Körper, der Anblick des Kindes mit den verrenkten Gliedmaßen im Staub hinderten mich daran, klar zu denken.

Ich habe eine Menge Toter während meiner verdammten Polizistenlaufbahn gesehen. Man stumpft mit der Zeit ab. Aber ein totes Kind, das ist was anderes. Darüber werde ich nie hinwegkommen.

Mina war so lieb, mir keine Fragen zu stellen. Sie hat gelernt, mich im Unglück allein zu lassen.

Meine Kinder sind im Wohnzimmer. Sie vermeiden es, sich an den Tisch zu setzen und ein Gespräch mit mir anzufangen. Sie kennen meine Gefühlsschwankungen nur zu gut und verübeln es mir, daß ich ihnen ihre seltenen Momente der Ruhe verderbe. Meine Tochter wird nervös, sobald ich auftauche. Wenn ich mich nur räuspere, duckt sie sich schon.

Es gibt für mich nichts Schlimmeres als zu sehen, wie meine Kinder hochfahren, wenn ich nur versuche, sie um ein Glas Wasser zu bitten.

Verdammter Krieg.

Ich schiebe den Teller weg, verschwinde ins Schlafzimmer. Mina kommt mir nach. Ihre Augen sind erschütternd vorwurfsvoll. Sie stellt sich hinter mich und massiert mir den Nacken. Wenn sie sich sonst auf diese Weise meiner annimmt, ist Mina die reinste Therapie für mich. Doch an diesem Abend ist jede ihrer Berührungen schmerzhaft wie ein Stich.

Ich drehe mich zum Fenster. Die Nacht gießt Gift und Galle über die Stadt. Und schon löst in der Ferne die erste Salve den Wahnsinn aus.

## 6

Seit zwei geschlagenen Stunden scheuere ich mir die Ellenbogen auf der schmierigen Theke eines Cafés Ecke Rue des Révolutions wund.

Ich throne auf einem Barhocker und halte mit den Händen eine Tasse Tee warm, die längst abgekühlt ist. Meine Uhr zeigt halb neun, und von Mourad Atti noch immer keine Spur.

Lino hockt mit eingezogenem Kopf und abgenutztem Overall in einem Winkel und versucht, wie ein Maurer auszusehen, der seinen Feierabend genießt. Er sitzt wie auf Kohlen.

Das Viertel hat nicht gerade den Ruf, zimperlich mit Polizisten umzugehen.

Der Wirt ist ein verkrüppeltes Männchen. Einen Gast zu bedienen, braucht er länger als ein algerischer Zöllner für die Abfertigung eines Reisenden. Man könnte ihn für sanftmütig halten, wenn er nicht dieses widerliche Stachelschwein im Gesicht hätte: einen subversiven Bart, in dessen Nähe es gefährlich werden kann.

Um mich herum unterhält sich eine Gruppe nasebohrender Greise. Etwas weiter weg wetzen ein paar Jugendliche ihre Blicke an der tristen Umgebung. Mit heruntergezogenen Augenbrauen und aggressiv vorgeschobenen Lippen ertragen sie ihre Verbannung wie eine Risikoschwangerschaft.

Neun Uhr!

Ich gehe Mina anrufen, um sie zu beruhigen. Als ich zurückkomme, sitzt ein anderer bequem auf meinem Platz und hat seine Flossen bereits um meine Tasse gelegt.

„He!“ sagt er spöttisch, „wer einmal fort zur Jagd gegangen, von dem hab ich den Platz gefangen.“

„Ja, schon! Doch kommt er dann zurück zum Ort, jagt er den Hund gleich wieder fort.“

Anerkennend macht der Mann ein Daumenzeichen, daß der Punkt an mich geht und entfernt seinen dicken Hintern von meinem Barhocker.

Dem Wirt gefällt das gar nicht. Mürrisch poliert er vor meiner Nase die Theke und konfisziert dabei gleich mein Getränk.

Lino zeigt auf seine Uhr, um mich daran zu erinnern, daß die nächtliche Ausgangssperre noch immer in Kraft ist. Ich deute ihm, die Sache zu vergessen.

Da taucht Mourad Atti doch noch auf, mit einer Tasche unter dem Arm. Er grüßt einen Zigarettenverkäufer, der sich die Stufen des Cafés ausgesucht hat, um seine armselige Ware auszubreiten, dann mustert er die Umgebung, sein Blick bleibt an mir hängen, dann an Lino, er findet unsere Mienen wohl verdächtig. Es bleibt ihm keine Zeit, sich zu verdrücken. Serdj schnappt ihn sich sofort.

„Ganz ruhig", flüstert er ihm zu.

Mourad versucht zu entwischen. Ich halte ihm meine Pistole unter die Nase. Im Handumdrehen befördern wir ihn auf den Rücksitz unseres Dienst-Peugeot und machen uns mit quietschenden Reifen aus dem Staub.

Der Art nach zu schließen, wie die einfachen Leute unseren Auftritt beobachtet haben, halte ich es für ratsam, nie wieder einen Fuß in dieses Viertel zu setzen.

Haj Garne braucht kein Wahrheitsserum, um sich zu verraten. Er ist die Falschheit in Person. Sein Grinsen, seine Lachanfälle, sein schleimiges Schulterklopfen sind nur Köder.

Er gehört zu diesen Primitivlingen, die es „geschafft" haben, ohne jedoch ihre schmuddlige Herkunft verleugnen zu können. Er ist auf vielen Gebieten ein Analphabet, bemüht sich aber dennoch um ein Auftreten, das dem Niveau seines Reichtums entspricht. Aber leider ist da diese verflixte Vergangenheit, die aus jeder seiner Gesten durchscheint, so linkisch und ungehobelt wie beim Zirkusaffen, dessen Pagenkostüm seine Grimassen auch nicht überdecken kann.

„Hätte ich nur geahnt, daß du kommen würdest!" ruft er mir zu und drückt mich lüstern an sich.

„Ich komme, um ein wenig in deinem Schlamm zu wühlen."

„Hab ich mir fast gedacht."

Soviel ich weiß, hat Garne bei einem französischen Siedler als Schmied gearbeitet. Herauszufinden, wie er sein Imperium aufgebaut hat, wäre ein endloses Geduldsspiel. Er ist nie irgendein Risiko eingegangen. Während des Krieges, von 1954 bis 1962, hielt er sich gewissenhaft an seinem Schweißbrenner fest. Nach der Unabhängigkeit hat er es irgendwie geschafft, eine Bescheinigung als Freiheitskämpfer zu bekommen, und ist damit sofort in die Partei eingetreten. Die Genossen nahmen ihn mit offenen Armen auf, und in ihrer Schlangengrube lernte er das Intrigenspiel.

Jedesmal, wenn ich den tieferen Sinn solcher Ironie zu begreifen versuche, gelange ich zu dem Schluß, daß sich die algerische Gesellschaft infolge eines bedauerlichen Durcheinanders in den Blättern ihrer Geschichte jeder klaren Beurteilung entzieht.

„Ich sag's dir gleich, daß du nicht willkommen bist!" warnt er mich. Das habe wiederum ich mir fast gedacht.

Er bleibt vor mir stehen und versperrt mir den Eingang.

„Was ist dein Problem, Bulle? Hast du Kopfweh, weil deine Kuh dir Hörner aufsetzt?"

„Da gibt's andere Rindviecher, die mir Kopfweh bereiten."

„Du hast doch das Recht, polygam zu sein. Was genierst du dich da?"

„Ich werde langsam alt."

„Schon von Hospizen gehört? Ich nehme aber an, du bist nicht gekommen, mir was vorzuweinen. Auf die Tour hast du keine Chance. Ich kann Bullen nicht ausstehen."

„Nein, ich bin nicht gekommen, um dir was vorzuweinen, Haj."

„Wenn du gekommen bist, um mit dem Feuer zu spielen, dann paß auf, daß du dir nicht das Fell versengst." Er wirft mir einen drohenden Blick zu. „Also?"

„Mourad Atti sagt, daß er für dich arbeitet."

„Wer ist dieser Idiot?"

„Ein Zuhälter."

„Davon habe ich einen ganzen Haufen. Na und?"

„Eines seiner Mädchen ist verschwunden, eine gewisse Sabrine Malek."

Haj Garne zieht einen Mundwinkel hoch: „Hör zu, Herzchen. Quertreiber von deiner Sorte stören mich nicht im geringsten. Deine Unterstellungen interessieren mich nicht. Zu deiner Information, ich betrüge bei jedem Atemzug gleich zweimal. Ich habe in jedem Saustall ein Auge und meine Nase in allen Futternäpfen. Ich bin das lebende Denkmal der Verkommenheit, und du kannst mich mal. Weil deine Dienstmarke nur dazu da ist, dir eine Nummer zu verpassen, du Idiot. Weil du einfach kein Format hast. Weil's so ist und nicht anders."

Hab ich's nicht gesagt, daß er ein Rüpel ist! Ein Holzklotz hat mehr Benimm als er.

Zugegeben, das Land hat noch mehr Kerle wie ihn hervorgebracht, die davon überzeugt sind, daß Gesetze nur für die anderen gemacht sind. Kerle, die sich ihrer Straffreiheit so sicher sind, daß sie den Anblick eines Gesetzeshüters als abartig empfinden, als eine Art sinnlose Halluzination.

Ich drehe mich zu Lino um, der im Peugeot geblieben ist, und wische mir mit dem Taschentuch nervös den Schweiß von der Stirn.

„Donnerwetter, du hast's mir aber gegeben, alle Achtung!" gestehe ich kleinlaut. „Da brennt einem ja die Sicherung durch! So hat mir noch keiner das Maul gestopft! Ich zerfließe wie alter Camembert ... Das dürfte wohl schon alles sein, was aus unserem Treffen herauskommt?"

„Sei froh, daß du hier mit heiler Haut herauskommst."

Er erklimmt die drei Stufen seines Vorbaus, legt eine Pause ein und fügt hinzu: „Nächstes Mal, Kommissar, ruf vorher an. Mistbauern treffe ich lieber in der Spelunke, damit sie sich nicht so fremd fühlen. Bei mir zu Hause empfange ich meine Freunde."

„Ich werde daran denken, versprochen."

Er knallt die Tür hinter sich zu.

Ich gehe zum Auto zurück. Lino ahnt, daß ich eins aufs Maul bekommen habe, und einmal, ein einziges Mal, tut er, als ob nichts wäre. Ohne zu fragen gibt er Gas, den Blick nach vorn gerichtet, wie ein Großer.

Nach gut hundert Metern befehl ich ihm, den Rückwärtsgang einzulegen. Auch da stellt er keine Fragen, tut es einfach. Wie ein Großer.

Ich läute erneut bei Haj Garne und lasse ihm keine Zeit zu sehen, wer da ist. Kaum daß er sein Gesicht zeigt, befördere ich meine Rechte dorthin, wo ihn sonst seine Liebhaber verwöhnen. Mit offenem Mund, die Arme gekreuzt, sackt er im Vorzimmer zusammen. Wie ein heruntergerissener Wandbehang.

Zufrieden rücke ich meinen Mantel zurecht, massiere meine Faust und gehe zu Lino zurück, der mich schon auf dem Altar des Frevels gekreuzigt sieht.

* * *

Als der Chef mich eintreten sieht, legt er die Füße auf den Tisch. In der üblichen Körpersprache, die bedeutet, daß ich nicht mehr wert bin als ein Stück Ziegendreck im offenen Gelände.

Nach einer vielsagenden Stille trompetet er los: „Wann wirst du endlich klüger, Llob? Um Himmels willen! Wann lernst du endlich, daß man den Nachbarn nicht beißt, kaum daß man von der Leine ist? Wir sind hier nicht im Wilden Westen ..."

Ich bleibe stumm. Gemäß Artikel 13 und 69 der Verordnung zur Inneren Sicherheit, die da besagen: Wenn ein Chef dir den Kopf wäscht, unwürdiger Untergebener, hältst du den Mund, damit du keinen Schaum schluckst und dir eine Kolik holst.

„Man kann dich wirklich nicht allein lassen. Nicht einmal eine Stunde hat man seine Ruhe mit dir. Kaum drehe ich dir den Rücken zu, tust du alles, um die Stadt auf den Kopf zu stellen."

„Die Geschichte mit der Leine, Herr Direktor, die habe ich nicht ganz verstanden."

„Wie konntest du es wagen, die Hand gegen den ehrenwerten Haj Garne zu erheben?"

„Ich habe nur versucht, mich zu schneuzen, Herr Direktor. Wenn ich verschnupft bin, bin ich entsetzlich ungeschickt."

Anscheinend bin ich doch ein wenig zu weit gegangen, denn der Direx bäumt sich auf und haut mit der Faust auf den Tisch. Da es aber doch noch eine Gerechtigkeit gibt auf der Welt, verfehlt er die Schreibtischunterlage, und sein Porzellanfäustchen kracht auf den Aschenbecher.

Ich verharre stocksteif, das Kinn im rechten Winkel, während er sich seine wunden Finger leckt.

Mit nachlassendem Schmerz findet der Direktor langsam, aber sicher seine Gesichtsfarbe wieder. Er dröhnt:

„Er wird dich verklagen. Und ich werde nichts unternehmen, ihn davon abzubringen. Ich werde auch nicht die Hand über dich halten. Ich möchte einmal sehen, wie dir der Himmel auf den Kopf fällt, Llob. Seit Ewigkeiten schon suchst du deinen Meister, jetzt hast du ihn endlich gefunden…"

Seine näselnde Stimme ermüdet mich. Einer, der durch die Nase spricht, kann einen Hitzkopf nur schwer einschüchtern.

Ich ertrage geduldig mein Schicksal. Aber wie sehr ich auch versuche, mich auf ein Spatzenpaar auf der Stromleitung im Hof zu konzentrieren, meine Gedanken schaffen es nicht, mit ihnen davonzufliegen.

Der Direktor gelangt ans Ende seiner Strafpredigt. Tupft sich mit einem Seidentüchlein trocken. Nach einem kurzen Schnaufer schlägt vor:

„Du rufst ihn jetzt an und entschuldigst dich."

„Mitnichten."

„Ich hab mich wohl verhört."
„Mitrichten ..."
„Ist das eine Meuterei?"
„Wenn Sie das so sehen."
„Du rufst ihn sofort an, oder ich reiße dir die Ohren aus."
Und wenn schon! Verächtlich mustere ich den Koloß auf seinen tönernen Füßen, hole tief Luft und lege los:
„Ich spucke auf dich und deine Vorfahren, du Schleimscheißer! Ich habe dich gekannt, als du noch in einer Bruchbude gehaust hast, am Platz des Ersten Mai, und jedem Müllwagen nachgejagt bist. Ich erinnere mich noch an deine zerrissene Kutte und deine lumpige Jacke. Jetzt bist du ganz oben, und das steigt dir zu Kopf. Paß nur auf, daß dir nicht schwindlig wird."
„Ich erlaube dir nicht, mich zu duzen. Ich bin der Direktor..."
„Ich habe nie ein Votum für dich abgegeben. Ginge es nach mir, dein Verschwinden wäre keine Verlustmeldung wert. Du bist ein Nichts, ein Rauschen im Wind, eine Null mit Zukkerguß, ein Häufchen Hundedreck, ein falscher Fünfziger, fett und undankbar ... Was deinen Schützling betrifft, sag ihm, einen Polizisten respektiert man, selbst wenn er halb verhungert ist."
Ich lasse ihn sitzen in seinem Schlamm, den ich gehörig aufgewühlt habe, und verlasse türschlagend den Raum.
Auf dem Gang gratuliert mir die Belegschaft durch Handzeichen und Augenzwinkern. Alle haben mitgehört und konnten es kaum glauben.
Nachdem das Unwetter vorüber ist, taucht auch Lino wieder auf. Er schwebt wie auf Wolken. Er versenkt den Wurmfortsatz, den er als Nase ausgibt, in ein Taschentuch und posaunt so laut drauflos, daß selbst Baya im Nebenzimmer hochfährt.
„Man sagt, daß du dem Direx das Maul gestopft hast!

Stimmt es, daß du ihn ein Häufchen Hundedreck genannt hast?"

„Ja und?"

„Verdammt!" Er ist vor Entzücken außer sich. „Wo nimmst du nur deine verfluchten Schimpfwörter her, Kommy?"

„Aus dem Scheißhaus."

## 7

Ich bin zu Da Achour gefahren. Wenn ich nicht gut drauf bin, gehe ich immer zu ihm. Seine innere Ruhe glättet meine Wogen. Da Achour ist ein Seher, vielleicht sogar ein Prophet. Er betrachtet die Welt so wie man jemanden ansieht, den man gut kennt. Er weiß immer, woher der Wind weht, wohin der Sturm zieht, und vor allem weiß er, daß man nichts dagegen unternehmen kann.

Er wohnt am Ende eines Geisterdorfes östlich von Algier. Ein Kaff, in eine Biegung der Küste geduckt und so abweisend, daß es sogar die Terroristen in Ruhe lassen.

Früher einmal war es ein hübsches Dorf, das die wohlhabenden Siedler aus der Mitidja-Ebene anzog. Es wimmelte von farbenfrohen Sonnenschirmen, die Eisverkäufer boten Zitronenlimonade in turmhohen Gläsern an, das städtische Orchester spielte auf dem Hauptplatz Tino-Rossi-Melodien, und die jungen Mädchen ließen kichernd die Neckereien der Gecken aus der Stadt über sich ergehen.

Dann kam der Krieg und die Geranien verschwanden. Nichts ist geblieben von diesem Hafen der Lebensfreude als ein Haufen schmuddliger Häuser, eine Hauptstraße voller Schlaglöcher und das Gefühl völliger Nutzlosigkeit.

Einige wenige Fischer klammern sich noch an einen Hafenwall, von dem sich die Fluten längst zurückgezogen haben und der bald von verfaulendem Schilf überwuchert sein wird.

Da Achour haust in einem Elendsloch am Ende eines Weges zwischen einer vernachlässigten Hecke und einem lethargischen Hundepärchen. Wären da nicht ein Stück Meer statt des Horizonts und eine Felsplatte als einzige Anlegestelle, man könnte glauben, in der Vorhölle zu sein.

Da Achour verläßt niemals seinen Schaukelstuhl. Der ist bei ihm fast schon ein natürlicher Körperfortsatz. Eine Zigarette im Mundwinkel, den Bauch über seinen Schildkrötenknien, fixiert er unermüdlich einen vagen Punkt auf hoher See. Von morgens bis abends sitzt er so da, am Rande des Halbschlafs, in den ihn die Lieder El Ankas begleiten, und läßt friedlich sein achtzigstes Jahr in einem frustrierenden Land verstreichen. So manchen Krieg hat er mitgemacht, von der Normandie bis Dien Bien Phu, von Guernica bis zu den Djurdjura-Bergen, und er versteht bis heute nicht, warum die Menschen sich noch immer die Köpfe einschlagen, wo schon ein einfacher Rausch sie einander näher brächte.

Heute zerbricht sich Da Achour nicht mehr den Kopf darüber. Er wartet von Brandungswelle zu Brandungswelle auf das Erscheinen der Dame mit der Silbersichel. Seine Frau ist vor mehr als zwanzig Jahren gestorben, Nachkommen hat er keine, und er wäre überhaupt nicht traurig, wenn es dem Höchsten gefiele, ihn zu sich zu rufen.

Ich treffe Da Achour auf der Veranda an, die Füße auf dem Teetischchen, den Blick in die Ferne gerichtet. Sein feuerroter Nacken zittert beim Geräusch meiner Schritte. Er macht sich nicht die Mühe umzuschauen, als ich mich auf einem Feldbett in Nähe der Brüstung niederlasse.

Es dauert eine Weile, bis er, durch mein Seufzen gereizt, endlich brummt: „Du hast deine Berufung verfehlt, Llob."

„Lino sagt immer, aus mir wäre ein guter Theater-Souffleur geworden", stimme ich zu.

„Oder ein miserabler Fernseh-Zuschauer."

„Ah ja?"

„Weil du alles schwarz siehst."

Ich folge eine Weile dem torkelnden Flug eines Schmetterlings, dann bleibt mein Blick wieder am faltigen Genick des Alten hängen.

„So lustig ist das nicht, Da."

„Du bist nicht der Messias."

„Aber ich mache mir Sorgen."

„Es hilft dir gar nichts, wenn du dich verrückt machst."

Ich stütze mich auf den Ellenbogen und kontere: „Du bekommst hier in deinem Rattenloch nicht viel mit, Da."

„Wer aus der Ferne zusieht, hat den besseren Überblick."

„Man kann doch nicht einfach zusehen, wie das ganze Land zum Teufel geht."

„Alles Biologie. Die Welt macht gerade die Wechseljahre durch. Wir treten in eine ekstatische Ära ein, das Jahrtausend der Gurus. Die Zivilisationen werden hinweggefegt, die Geschichte kehrt an den Nullpunkt zurück. Die Grenzen werden fallen, die Rassen werden verschwinden, auch die Grundwerte werden verlorengehen. Es wird keine Vaterländer und keine Nationalhymnen mehr geben, nur noch dunkle Bruderschaften und obskure Beschwörungsformeln. Die Erde wird von den eitrigen Fangarmen der Sekten überzogen werden, ihr Antlitz von Fakiren und selbsternannten Propheten entstellt, Anarchie zieht in die Häuser ein. Adieu ihr Monarchen, adieu ihr Präsidenten, adieu ihr Wahlen und Wahlgesetze. Die Menschen werden unter Marabout-Lehrlingen ihre Gottheiten wählen und sich in selbstmörderischer Begeisterung albernen Ritualen unterwerfen. Der Fundamentalismus ist schon dabei, aus dem Glauben einen Scharlatanskult zu machen. Die Weltreligionen werden untergehen im globalen Diabolisierungstaumel. Die Kirchen werden den Tempeln der Häretiker weichen. Die Moscheen werden es nicht mehr wagen, ihre Minarette vor der Loge der Mutanten in den Himmel zu recken ... Das dritte Jahrtausend wird das Jahrtausend der Mystik sein, Llob. Die Apokalypse wird als Gipfel der Verzückung gelten."

Ich schüttle völlig erschlagen den Kopf.

Da Achour gilt nicht als gesprächig, doch wenn er seiner Seele einmal die Zügel schießen läßt, könnte der berühmteste Prediger an seiner Begabung verzweifeln.

Der Alte hat nicht einmal mit der Wimper gezuckt. Nur auf seiner Schläfe hat sich eine Falte gebildet.

„Ich hätte nicht gedacht, daß der Anblick des Mittelmeeres so deprimieren kann", werfe ich ihm vor. „Früher warst du herzerfrischend komisch. Und ich bin zu dir gekommen, um meine Batterien aufzuladen und mir den Kopf durchzulüften. Wo ist der Komiker hin, dessen Formulierungen den Teufel in den Wahnsinn getrieben haben?"

„Das ist es ja! Ich bin wie diese Wortspiele, die auf den ersten Blick verblüffen, bei näherer Betrachtung aber gar nichts bedeuten."

„Sachte, sachte, Da. Du machst auch gerade die Wechseljahre durch."

Endlich dreht er sich um. Seine Augen gleichen noch immer dem Meer, doch an diesem Morgen lädt kein Segler in ihnen zur großen Fahrt ein.

„Weißt du, warum die Clowns sich Farbe ins Gesicht schmieren?" fragt er. „Die Kinder glauben, aus Spaß. Ein riesiger roter Rüssel ist lustiger als eine Nase, und Sterne auf der Stirn sind nicht so traurig wie Falten. In Wirklichkeit, Llob, schmieren sich die Clowns schreiende Farben ins Gesicht, um ihren Schmerz zu überdecken. Das ist ihre Art, so zu tun als ob, sich eine zweite Persönlichkeit zuzulegen. Ähnlich wie die

Vögel, wenn sie sich verstecken, um zu sterben. Und wer ahnt schon etwas von der Einsamkeit des Clowns im Trubel eines Zirkuszelts? Niemand. Ist auch besser so. Man findet nur im verborgenen zu sich selbst."

Er wendet sein Gesicht wieder dem Meer zu. Und mir ist es, als risse sich eine ganze Insel von meinem Archipel los.

„In der Thermoskanne ist Tee, Kommissar. Macht nicht das Glück eines Mannes aus, aber hilft bei der Verdauung."

In der Ferne spielt ein Frachter mit den Wogen Bockspringen. Am Himmel, der unsere Felder boykottiert und unsere Gebete ignoriert, steigen wie weiße Spruchbänder die Möwen empor.

Ich hätte einen alten Mann nicht stören dürfen, der *weiß*, warum für die Wellen der Spaß aufhört, wenn der Seegang zu gewaltig wird.

## 8

Der Direktor, dessen Gesicht so mitgenommen aussieht wie ein Putzfetzen, erholt sich von unserer letzten Begegnung wie von einer peinlichen Krankheit. Er trägt einen schwarzen Anzug, eine graue Krawatte und eine Brille mit getönten Gläsern, um seine Hintergedanken zu verbergen.

Bliss steht kriecherisch und verschlagen an seiner Seite, fast schon pathetisch in seiner Stellung des Oberspeichelleckers.

Ich betrete entschlossenen Schritts das Büro. Ohne zu grüßen. Bleibe nur stehen, die Hände in den Hosentaschen, so respektlos wie ein Abgeordneter gegenüber der Republik. Bliss wirft mir einen vorwurfsvollen Blick zu. Ich übersehe ihn. Mit scharfem Zug um die Mundwinkel warte ich ab.

Der Direx tut so, als sei er in die Lektüre eines Berichts vertieft, den er mit der verlogenen Ruhe eines korrupten Richters studiert. Sicher hat er Stunden gebraucht, um seinem Szenario den letzten Schliff zu geben. Und jetzt, wo ich da bin, bringt er in seinem Kopf die Stichworte durcheinander.

Um ihn noch mehr aus der Konzentration zu bringen, klopfe ich mit dem Fuß auf das Parkett.

Der Direx schiebt die Brille ein Stück weit hinunter. Sein Finger bittet mich um Geduld, bietet mir einen Sessel an. Ich halte es für ratsam, einige Zeit verstreichen zu lassen, bevor ich mich setze. So möchte ich seiner Kloschüssel von Schädel eintrichtern, daß ich nicht etwa einen Befehl ausführe.

„Kommissar, ich möchte ..."

„Damit wir uns gleich richtig verstehen, Herr Direktor", unterbreche ich ihn trocken. „Wenn es nur darum geht, uns weiter zu streiten, dazu bin ich nicht in Stimmung."

Seine Nasenflügel beben. Er bleibt aber cool.

„Merkst du denn nicht, daß der Herr Direktor dir entgegenkommt?" schaltet sich Bliss ein und betrachtet seine Fingernägel.

„Du Zwerg, halte du dich da raus, wenn du nicht willst, daß ich dich in den Abfluß stopfe, bis die Ratten alles Mark aus deinen Knochen gesaugt haben."

Bliss weicht zurück und verstummt. Seine Augen verengen sich. Das bedeutet, daß er gerade nachdenkt. Und wenn Bliss nachdenkt, hält selbst der Teufel den Atem an.

Der Direktor wird ungeduldig, ermahnt uns, wir sollen uns benehmen. Nach einem tiefen Seufzer verkündet er: „Mourad Atti wurde heute morgen in die Beobachtungsstation des Sicherheitsbüros zurücküberstellt."

„Ich bin mit ihm noch nicht fertig."

„Das macht nichts. Die Jungs von der BdS haben mir versprochen, uns zu verständigen, wenn sie was finden, was mit unserem Fall zu tun hat."

Ich erhebe mich. „Kann ich gehen?"

„Natürlich..."

Ich streiche meine Weste glatt, mache ein paar Schritte auf die Tür zu. Seine Stimme hält mich zurück: „Kommissar..."

Ich bleibe stehen, ohne mich jedoch umzudrehen.

Der Direx steigt von seinem Thron herab und kommt auf mich zu. Seine sorgsam manikürte Purpurhand legt sich auf meine Schulter und zieht sich dann wie unter Elektroschock zurück. Er geht mir zur Tür voraus und flötet, während er die Klinke liebkost: „Hast du heute etwas Besonderes vor?"

„Kommt darauf an."

„Wenn es dir nicht allzuviel ausmacht, schau doch auf einen Sprung bei unserem Freund Ghoul vorbei."

„So ein Pech aber auch: heute morgen habe ich meine Stange zerbrochen."

„Was heißen soll?"

„Daß Schluß damit ist. Ihr Kumpel sollte besser einen Privatdetektiv engagieren. Diese Sexgeschichten stinken dermaßen, daß ich dabei kaum klar denken kann. Suchen Sie sich jemand anderen für diese Drecksarbeit."

„Das find' ich überhaupt nicht witzig!" lamentiert der Chef.

„Hab ich ja von Anfang an gesagt."

* * *

Lino bringt mich nach Hause. Er bearbeitet das Lenkrad, vermeidet es, mich anzusehen. Gut und gerne zwanzig Minuten fahren wir, und noch immer absolutes Schweigen. Er weiß, daß ich einen Haufen Leute gegen mich aufgebracht habe, und das setzt ihm ganz schön zu.

„Diese Kerle sind Bulldozer", warnt er mich.

„Mir egal."

„Was willst du jetzt tun?"

„Mich auf meine Pension vorbereiten. Für Erniedrigungen bin ich zu alt.“

Lino wedelt energisch mit dem Finger. „Das ist nicht der richtige Moment, Kommy. Wir haben Krieg. Man wird dich wie einen Deserteur behandeln.“

„Mir egal.“

„Und deine Karriere, Kommy? Du wirst doch jetzt nicht aufgeben, wo du so kurz davor stehst, Abteilungsleiter zu werden.“

Ich bremse ab. „Die echte Karriere eines Mannes, Lino, ist seine Familie. Im Leben hat es der zu etwas gebracht, der es bei sich zu Hause zu etwas gebracht hat. Der einzig wahre und gesunde Ehrgeiz besteht darin, stolz auf seine Familie zu sein. Der Rest, der ganze Rest, Beförderung, Aufstieg, Ruhm, ist nichts als Schaumschlägerei, Flucht nach vorn, Ablenkung vom Wesentlichen ...“

Das verschlägt Lino die Sprache.

* * *

Ein Unglück kommt selten allein. Dazu fehlt ihm der Mumm. Es braucht stets einen zweiten Schicksalsschlag, der ihm hilft, einem den Boden unter den Füßen wegzuziehen.

Als ich nach Hause komme, stolpere ich im Vorzimmer über zwei Koffer. Mein ältester Sohn steht im Gang, traurig, aber entschlossen. Am schluchzenden Gesicht seiner Mutter sehe ich, daß er sich endgültig entschlossen hat auszuziehen. Seit einer Ewigkeit geistert der Gedanke, von hier abzuhauen, in seinem Kopf herum. Algier ist ihm zur Zwangsjacke geworden. Das Viertel seiner Kindheit hält ihn nicht mehr. Bei meinem Anblick schlägt er die Augen nieder.

Er schluckt: „Tut mir leid, Papa.“

„Nicht deine Schuld, mein Sohn.“

Er ist der Sohn eines Polizisten. Nach den Regeln der Fundamentalisten verdient er dasselbe Schicksal wie sein Vater. Nicht wenigen Kindern hat man die Kehle durchgeschnitten, nur weil ihre Eltern Soldaten oder Polizisten waren. Ich bin fast erleichtert, daß er sich zu einer Luftveränderung entschieden hat.

„Sei mir nicht allzu böse, Papa."

„Ich habe dir doch gesagt, es ist nicht deine Schuld. Wohin soll es denn gehen?"

„Tamanrasset. Ich habe Freunde da. Ich finde sicher Arbeit."

„Daran zweifle ich nicht."

Wortlos schauen wir uns an. Schließlich breite ich die Arme aus, und er schmiegt sich an mich. Er hat sehr abgenommen, mein Großer.

Mina ist vom Weinen ganz naß. Eine Mutter vergießt in Freude und Schmerz die gleichen Tränen.

Er nimmt seine Koffer. Ein furchtbarer Augenblick. Ein Teil meines Fleisches löst sich von mir. Ich fühle mich schwach.

„Ruf von Zeit zu Zeit mal an."

„Versprochen."

Er geht noch einmal auf seine Mutter zu, umarmt und küßt sie zum Abschied. Löst sich von ihr. Sicher, die Flut wird uns ein paar Muscheln anschwemmen, an denen sich unsere Erinnerung festhalten kann, doch das, was sie uns nimmt, ist unersetzlich.

„Paß auf dich auf, mein Sohn."

Er nickt.

Ein kleines Lächeln, und der Aufzug entführt ihn unseren Blicken.

Nie spürt man eine tiefere Resgnation, als wenn sich eine Tür hinter jemandem schließt, der uns im gleichen Moment schon fehlt, da er uns verläßt.

## 9

Aus purem Zufall platzen Lino und ich in ein wildes Durcheinander in der Cité des Oliviers. Nicht weniger als fünf Polizei- und zwei Zellenwagen mit wild blinkenden Blaulichtern und zersplitterten Fensterscheiben stehen um den Rohbau einer Villa.

In der Deckung einer Motorhaube sitzt schwitzend Inspektor Serdj, in einer Hand einen Lautsprecher, in der anderen eine Pistole. Bei meinem Anblick ist er so unglaublich erleichtert, als hätte mich der Himmel geschickt.

„Was ist los?" frage ich, während ich mich an seine Seite drücke.

„Eine Bande von Terroristen hat die Post von Bab Llyb überfallen. Ein Anrainer hat gesehen, was passierte, und uns gleich alarmiert."

„Wie viele sind es?"

„Drei. Sie haben eine Geisel umgebracht" – er zeigt auf die Leiche eines Jugendlichen neben einer Betonmischmaschine – „und einen meiner Leute verletzt."

Ich ziehe die Pistole und stelle das Periskop auf, um das Gelände zu erkunden. Eine Salve zerschmettert die Windschutzscheibe über meinem Kopf.

„Sind sie schon lange da drinnen?"

„Ungefähr eine Stunde. Sie wollen sich nicht ergeben. Eine von ihnen ist ein Mädchen."

„Halten sie noch andere Personen fest?"

„Den Maurer und seinen Sohn."

„Bewaffnung?"

„Zwei Kalasch's und eine Pumpgun."

Leutnant Chater aus der Ninja-Einheit robbt zu uns her.

„Willkommen auf dem Schrottplatz, Kommissar."

„Wie sieht's denn aus?"

„Die sind stoned. Wir können sie kriegen. Ich habe zwei Scharfschützen dort drüben postiert, einen auf dem Dach und zwei weitere da oben."

„Du hättest noch einen weiteren für dort drüben hinstellen können", bemängle ich, eigentlich nur, um meine Autorität zu unterstreichen.

„Toter Winkel."

Aus einem der Fenster beginnt Rauch aufzusteigen.

„Sie verbrennen gerade das Geld aus der Post", erklärt mir Chater.

„Diese Mistkerle! Womit sollen wir jetzt die Schulden beim Internationalen Währungsfonds zurückzahlen?"

Ich greife zum Lautsprecher.

„Sie vergeuden nur Ihre Zeit, Kommissar."

„Nur, damit ich nachher kein schlechtes Gewissen habe."

Wir werden von neuem unter Beschuß genommen. Die Autos scheppern unter den Einschlägen.

„He, Taghout*!" schreit das Mädchen. „Wir haben einen Alten und seinen Bastard hier. Entweder ihr verschwindet, oder wir kastrieren sie, dann schneiden wir ihnen die Finger ab, danach die Ohren und die Zehen, bis nichts mehr da ist, was man abschneiden könnte. Wenn ihr in fünf Minuten noch da seid, wandert der erste in den Kochtopf."

„Die machen keinen Spaß." Serdj gerät in Panik. „In weniger als fünf Minuten werden sie der ersten Geisel die Knochen auslösen."

„Die werden wir uns doch nicht durch die Lappen gehen lassen!" empört sich Chater. „Das sind wandelnde Henker."

„Vier Minuten fünfundvierzig. Wir müssen uns beeilen, Leute."

---------------

* *Arabisch für Diktator. Wird von den Islamisten für alle Angestellten der Regierung verwendet, bis hin zu den kleinsten Polizisten.*

Ich gebe Lino ein Zeichen. Er springt aus dem Auto und legt einen überraschend schnellen Slalom hin. Hinter einem Reifen geht er in Deckung.

„Vier Minuten dreißig!"

„Halt's Maul, Serdj! Wir sind hier nicht bei der NASA."

Kleine Schweißperlen rollen über die Stirn des Inspektors. Seine Backenknochen zittern und zucken. Er verschluckt fast seine Zunge und sieht pausenlos auf seine Uhr.

Ich gebe Lino einen Lagebericht: „Zwei arme Teufel werden in wenigen Minuten draufgehen, wenn wir sie nicht sofort da herausholen. Ein Vater und sein Sohn. Chater sagt, daß die drei Terroristen bis oben mit Barbituraten zugeknallt sind. Wir können sie also überrumpeln."

„Ich bin bereit, Chef!" stößt er hervor und schwingt seine „9 mm".

„Schick ein Stoßgebet zum Himmel und bleib dicht hinter mir."

Ich atme tief durch und renne auf die Baustelle. Rund um mich peitschen die Salven der Kalaschnikows den Sand auf. Ich hechte mich zu Boden und robbe auf einen Container zu. Mit bleichem Gesicht folgt Lino mir nach. Um das Gesicht zu wahren, reckt er pathetisch seinen Daumen in die Höhe.

„Ist nicht der richtige Zeitpunkt zum Autostoppen", knurre ich.

Ein Schuß löst sich vom Dach. Irgend jemand brüllt im Inneren der Villa. Eine grotesk gestikulierende Gestalt taucht auf, mit weggerissenem Unterkiefer. Sie bricht auf der Stiege zusammen und wird steif.

„Hierher!" rufe ich der Geisel zu, die an die Tür kommt. Es ist der Junge. Aber er hört nicht auf mich, sondern bleibt reglos auf der Rampe stehen, als hätte der Anblick des Toten ihn versteinert.

Lino nützt einen Schußwechsel, um hinzuspringen, den

Buben am Arm zu packen und ihn in den Schutz des Containers zu ziehen.

Jetzt verlieren die Terroristen die Nerven. Das Mädchen kommt aus der Deckung und feuert auf uns los. Die Windschutzscheiben splittern. Die Polizisten drängen sich eng in ihrer unsicheren Deckung zusammen. Chater schießt. Das Mädchen läßt ihre Nähmaschine fallen, scheint nicht zu begreifen, wie ihr geschieht. Zwischen ihren Brauen blüht mit einem Mal eine Knospe auf. Sie versucht, sich an einem Balken festzuhalten, stürzt ins Leere. Ihr Körper prallt noch einmal vom Betonmischer ab, bevor er in einer schamlosen Stellung liegenbleibt.

Genau diesen Moment wählen Lino und ich, um zum Angriff überzugehen. Wir dringen in den Hausflur vor. Das Erdgeschoß scheint leer zu sein. Ich gehe in den ersten Stock, die Waffe im Anschlag. Lino folgt in geringem Abstand mit gebeugten Knien und derart geducktem Hinterteil, daß er an ein Affenweibchen beim Urinieren erinnert.

Der letzte Terrorist wütet im ersten Stock.

Vorsichtig erklimme ich die Stufen, meinen Rücken immer gegen die Wand gedrückt. Draußen tun Serdj und seine Leute ihr Bestes, um den Terroristen abzulenken. Endlich kann ich ihn sehen. Ein richtiger Schrank, genau die Art von Ziel, für die ich schwärme. Er benutzt den Maurer als Schutzschild.

Lino versucht mir noch einen praktischen Trick zuzuflüstern. Ich halte meine Knarre an die Lippen, er legt sich flach hin.

Die Männer von Chater nehmen das Gebäude weiter unter Beschuß. Der Terrorist antwortet wild entschlossen Salve um Salve. Er hört nicht, wie ich mich hinter ihm aufrichte. Als ihm bewußt wird, daß die Sache gelaufen ist, zerplatzt sein Schädel schon wie ein riesiges Furunkel.

* * *

Baya hat schon wieder ihren Ohrring verloren. Sie sucht ihn auf allen vieren kriechend unterm Schreibtisch, wobei sie ihr Hinterteil übertrieben in die Höhe streckt. Lino spielt den Entspannten, aber in seiner Kehle hüpft ein Jojo auf und ab, während er mit einem Auge in die Zeitung, mit dem anderen auf den bewegten Hintern schielt.

In dieser mitreißenden Choreographie überrasche ich die beiden. Ich herrsche ihn an: „Wenn du sie weiter so mit den Augen verschlingst, wirst du noch mal Bauchschmerzen bekommen."

Baya steht verwirrt auf, richtet ihren Rock und verschwindet schnell wie der Blitz.

Lino spielt den Unschuldigen und raschelt mit seiner Zeitung: „Sie haben den Dichter Jamal Armad umgebracht."

„Ich weiß."

„Verdammt! Er war noch keine fünfundzwanzig."

Ich hänge meinen Mantel an den Nagel, wo er mir wie eine Fahne auf Halbmast vorkommt, und lege ihn schließlich über die Rückenlehne meines Stuhles.

„Was für ein Elend! Warum zum Teufel ist man so hinter den Intellektuellen her, Kommy?"

„Das ist nicht erst seit heute so. Eine uralte Geschichte. In unserer traditionellen Unkultur war der Gebildete schon immer der Andere, der Fremde oder gar der Besatzer. Und diese Verschiedenheit hat in uns einen hartnäckigen Groll genährt. Wir sind abgrundtief allergisch gegen alles Intellektuelle geworden. Einen Fehler sieht man jemandem schon einmal nach, seine Andersartigkeit jedoch nie."

Lino schiebt seine Brille nach oben und protestiert: „Unkultur? Warum sagst du Unkultur?"

„Das kommt von einem bedauerlichen Versprecher. Es

war vor sehr langer Zeit, als unser Urahn ein Buch schreiben wollte. Weil er mit leerem Magen nicht denken konnte, veranstaltete seine Sippe ein sagenhaftes Festmahl für ihn, und er langte mit solchem Appetit zu, daß er im Moment, da er sich anschickte, mit seinem Manuskript zu beginnen, plötzlich ein heftiges Bedürfnis nach einer Siesta verspürte. Das Problem war nur, daß er Angst hatte, seine Muse könnte beim Erwachen verschwunden sein. Ein wahres Dilemma! Da erschien ihm unser aller Vater, der heilige Ziri. Der fragte ihn, was ihn denn quäle. Unser Urahn erklärte ihm, daß er gleichzeitig den Wunsch verspüre, ein Nickerchen zu machen, und den unüberwindbaren Drang, seine Memoiren niederzuschreiben. Da rutschte dem heiligen Ziri, der zu seinen Lebzeiten ein großer Mäzen gewesen war, unglücklicherweise die Zunge aus. Statt ‚Schreib nieder!' sagte er: ‚Kau wieder!' – und seitdem haben wir nicht aufgehört wiederzukäuen."

„So eine Geschichte hat mir mein Großvater nie erzählt."

„Wie denn auch: mit vollem Mund kann man nicht reden. – Aber genug gelacht. Wie weit sind wir mit den drei Terroristen von gestern?"

„Um die kümmert sich Serdj."

Jemand anderer hätte mich auch verwundert. Sein Büro liegt am Ende des Ganges direkt gegenüber den Toiletten. Es herrschen unerträglicher Qualm und Gestank. Man könnte es für das Labor eines zerstreuten Wissenschaftlers halten. Überall Papierstapel, Zigarettenstummel, die auf dem Fußboden verrotten, Aktenschränke, die dich mit offenen Armen empfangen, Schubladen, die dir die Zunge entgegenstrecken ...

Serdj ist die treibende Kraft im Laden. Er kann nicht nein sagen, wenn man ihn um etwas bittet. Die Kollegen, die gleichzeitig mit ihm begonnen haben, sind heute entweder Kommissare oder hohe Funktionäre. Er aber humpelt gutmütig durch sein zwölftes Jahr als Inspektor auf der unteren

Etage. Weil er nachgiebig und unersetzlich ist, verweigert man ihm jeden Lehrgang und jedes Stipendium, beides Voraussetzungen für eine Beförderung, in deren Genuß freilich nur kommt, wer gute Beziehungen hat oder wen man loswerden will.

Ich mache es mir auf einem Stuhl bequem und schlage die Beine übereinander. „Hat man die Terroristen identifiziert?"

„Das Mädchen ist der Abteilung unbekannt. Ihre Fingerabdrücke haben nichts gebracht. Was den Rothaarigen betrifft, handelt es sich um Daho Lamine, 31 Jahre, ledig. Sein Vater ist so stinkreich, daß er sich Socken nach Maß machen läßt."

„Und der andere?"

„Brahim Boudar. Siebenunddreißig Jahre. Verheiratet, geschieden. Arbeitslos. Fünf Jahre Gefängnis wegen widernatürlicher Unzucht mit Minderjährigen. Zwei Jahre wegen absichtlicher Körperverletzung und schwerem Diebstahl. Neun Monate wegen Drogenkonsums. Verletzt und festgenommen im September '93. 1994 aus Sidi Ghiles geflohen."

„Das ist alles?"

„Brahim Boudar war einer der Hauptanstifter bei den Unruhen im Oktober '88. Hat die Kaufhausbrände auf dem Gewissen, die *Galeries Algériennes* in Kouba, den *Souk El-Fellah* von Chéraga und Boufarik."

„War er zu dieser Zeit ein Islamischer Bruder?"

„Türsteher in einem Nachtlokal, dem *Limbes Rouges.*"

„Interessant."

„Noch eine Kleinigkeit: Bei seiner Verhaftung im Oktober '88 war seine rechte Hand ein gewisser Mourad Atti."

Lino schlägt auf den Tisch: „Ich wußte, daß wir mit dieser Schwuchtel noch nicht fertig sind!"

Mit erhobenem Finger bringe ich ihn zum Schweigen. Ich stehe auf, die Brauen zu einem Strich zusammengezogen.

„Ich will Mourad Atti heute Punkt drei in meinem Büro."

Serdj verzieht das Gesicht.

„Da gibt es einen Haken, Chef. Ich habe die Typen vom BdS kontaktiert. Sie haben mir in aller Form versichert, daß der Knabe bis heute nicht bei ihnen aufgetaucht ist."

„Und die Überstellung?"

„Fehlanzeige. Das BdS erinnert sich nicht, irgend jemanden mit der Überstellung des Verdächtigen betraut zu haben. Die beiden Typen, die ihn abgeholt haben, waren falsch. Der Direktor hat sich hineinlegen lassen."

„Wo ist er dann?"

* * *

„Da ist er, Kommissar!" Ein Gendarm führt mich durch die Hügellandschaft einer Mülldeponie.

Mourad Atti liegt mitten in einem Abfallhaufen. Flach auf dem Bauch. Den Hinterkopf von einem großkalibrigen Geschoß weggepustet. Um sein Hirn schwirrt eine Wolke von Fleischfliegen.

„Ein Stadtstreicher hat ihn gemeldet", fügt der Gendarm hinzu und preßt sich ein Taschentuch vors Gesicht.

Ich beuge mich über den Kadaver. Er hat Handschellen an den Gelenken, die Füße sind mit Eisendraht gefesselt. Seine großen Augen, in denen sich noch die Qualen der Folter spiegeln, scheinen mich verstohlen zu mustern.

Der Gendarm warnt mich: „Fassen Sie ihn nicht an. Er ist vermint."

* * *

Zwei Tage später, als ich gerade versuche herauszufinden, was die Bucht von Algier so mürrisch aussehen läßt, und mir die Nase am Fenster meines Büros plattdrücke, bekomme ich einen Anruf von Anissa, der Gummipuppe vom *Cinq Etoiles.*

„Ich habe gehört, daß Sie bei Madame Fa Lankabout eingeladen sind, Kommissar."

„Richtig. Aber ich denke, daß ich wegen meines Magengeschwürs nicht hingehen werde. Wenn du keinen Begleiter hast, kann ich das arrangieren. Ich habe einen Leutnant, der gerne aufsteigen würde."

Der Atem der Kleinen beschleunigt sich. „Ich muß auflegen", japst sie mit sich überschlagender Stimme. „Wir treffen uns bei Madame Lankabout, Kommissar. Ich habe Ihnen etwas mitzuteilen."

„Kannst du mir nicht den Weg ersparen und es mir jetzt schon sagen?"

„Kann ich nicht. Bis heute abend."

Sie legt auf.

Lino macht eine fragende Handbewegung.

„Eine Dame gibt einen Empfang."

„Wann?"

„Heute abend."

„Hast du ein Schwein, Kommy!"

„Wenn du willst, nehme ich dich mit."

Der Bleistift, an dem er gerade kaut, entgleitet ihm. „Du brauchst mich nicht zum Narren halten. Das ist nicht nett."

„Mein Wort gilt."

„Wirklich, ganz im Ernst? Du lädst mich zu einem Empfang ein, mit Mädels und allem Drum und Dran?"

„An deiner Stelle würde ich gleich loslaufen und mir ein Päckchen Kondome besorgen."

Mein Leutnant kann es gar nicht glauben. Er ist so zufrieden, daß er fast an die Decke springt.

# 10

Wenn es um ein Rendezvous geht, zögert Lino nicht, sein Sparschwein zu schlachten. Dieses Mal bin ich sicher, daß er auch an die Ersparnisse seiner alten Dame gegangen ist. Er ist aufgeputzt wie ein Pfau: kirschfarbenes Jackett, italienische Schuhe, britische Krawatte, Pomade. Eine Revolution. Mit äußerster Sorgfalt säubert er den Sitz, bevor er in meine alte Karre steigt.

„Womit hast du dich denn eingeräuchert?" frage ich, als ich starte.

„Oha, du hast etwas gegen deinen Schnupfen getan, Chef! Das ist ein Parfüm aus Paris."

„Aus dem Versuchslabor?"

„Von wegen!" entrüstet er sich. „Mit Markenzeichen und allem, was dazugehört."

Ich überhole einen Lastwagen und stelle fest: „Du hast dich in der Flasche geirrt, mein Lieber. Nach der Fliege zu schließen, die dort auf dem Armaturenbrett im Koma liegt, bist du sicher an ein Insektizid geraten."

Lino kichert mit Blick auf meinen Anzug, dem man die Unbestechlichkeit seines Trägers aus weiter Ferne ansieht: „Gib zu, daß du auf mein Outfit eifersüchtig bist, Chef!"

Wir treffen kurz nach Einbruch der Dämmerung bei Madame Fa Lankabout ein. Lino kann es nicht fassen, daß in einem Land, in dem Krieg herrscht, ein solcher Prunk existiert. Offen gestanden habe ich ihn ja auch mitgenommen, um ihn wachzurütteln. Viel zu lange schon bekommt er den Schädel mit Schlagworten und dummen Sprüchen über Rechtschaffenheit und Transparenz vollgestopft.

Madame Fa ist phänomenal. Ihre Maskenbildner haben sich selbst übertroffen. Eingehüllt in ein schmuckdurchwobenes

Kleid, sieht sie aus wie Fleischwurst in Zellophan. Sie wird dermaßen umworben, daß sie für mich nur ein flüchtiges Lächeln übrig hat.

Von den läufigen Weibchen in Bann geschlagen, benimmt Lino sich wie ein Schoßhündchen: er wedelt enthusiastisch mit dem Schwanz. Er wirft einen Blick auf das Dekolleté der einen und die Hüften der anderen und schluckt dabei, bis ihm fast der Adamsapfel steckenbleibt.

„Was für ein Gestüt! Was meinst du, habe ich eine Chance, eines von diesen Pferdchen zu satteln, Kommy? Ich kneife mir meinen Schniedel schon so lange zusammen, daß ich statt seiner bald eine verschrumpelte Essiggurke haben werde."

„Du mußt dich nur bedienen. Aber hüte dich vor den schweren Höschen."

„Vor was?"

„Vor den Transvestiten, Idiot."

Er zwinkert und gibt ungeniert zu:

„Ach weißt du, ich bin nicht so anspruchsvoll."

Ich versuche, Anissas niedliche Larve in diesem Puzzle der Reize zu sichten. Sie ist unauffindbar. Ein sanfter Zusammenstoß bringt uns mit zwei wunderbaren Kreaturen in Kontakt, die gerade soviel auf dem Körper tragen, um nicht die Sittenpolizei auf den Plan zu rufen. Die Rothaarige windet sich wie eine Made und wirft uns feurige Blicke zu. Die andere ist brünett und schlank und zeigt ganz offen, wonach ihr die Sinne stehen.

Zu seiner eigenen Überraschung beginnt Lino auf zwei Ebenen zu sabbern.

„Sie sind sicher vom Film?" maunzt die Brünette ihm ins Grübchen neben seiner Schulter.

„Schon möglich", lügt der Leutnant.

„Sie sehen nämlich Woody Allen ähnlich!" gluckst die Rothaarige.

„Ich finde, er ähnelt eher Idir*", sage ich.

„Warum?"

„Na, ist doch klar, der ist auch beschnitten."

Die zwei Häschen sind schockiert. Sie nehmen die Brillenschlange in ihre Mitte und drängen ihn in Richtung Buffet.

„Wer ist denn diese Mumie? Ist er mit dir da?"

„Sonst noch was?" wehrt Lino ab, dieser Verräter. „Das ist sicher irgendso ein Hungerleider, den Madame Fa eingeladen hat, um das Mitleid der anderen Gäste zu wecken und so die Kasse ihres Wohltätigkeitsvereins wieder aufzufüllen."

Jetzt, wo ich allein bin, kann ich mich ungestört dem Studium der mich umgebenden Fauna widmen. Das Anwesen der Lankabouts ist ein echter Olymp, auf dem sich neureiche Götter und Huris** tummeln. Die Frau des Hauses hat ein ganzes Regiment von Dienern aufgeboten, um ihre Gäste zu verwöhnen.

Mit einem Glas Orangensaft in der Hand mache ich mich daran, die Leute aus der Nähe zu betrachten. Es ist im Prinzip der gleiche Haufen wie beim Schwiegersohn von Ghoul Malek, eine Auswahl arrivierter Snobs, bei deren Anblick man sich an seinen Pantoffeln verschluckt ... He! Entspann dich, Llob, nimm ein Zäpfchen, das bringt dich wieder in Form! Ich erkenne Rachid Lagoune, den Präsidenten von *SOS-Ostrazismus*, einer Volksbewegung gegen die Ausgrenzung im allgemeinen und die Diskriminierung der Elite im besonderen. Früher war er ein zäher Outsider. Hat keine Versammlung ausgelassen, um die Schergen des Regimes, das Mikro zwischen den Zähnen, mit Hohn zu überschütten. Kannte sämtliche Staats-

---------------

* *Künstlername; einer der bekanntesten zeitgenössischen Berbersänger*

** *Huri = Jungfrau, die nach islamischem Glauben im Paradies dem Gläubigen zur Frau gegeben wird.*

gefängnisse in- und auswendig und war auf dem besten Weg, ein Mythos zu werden.

Ich bin überrascht, ihn hier anzutreffen. Er hat zu tief ins Glas geschaut und scheint sich königlich zu amüsieren. Er hat sich einen Ring ans Ohr gesteckt und einen Pferdeschwanz wachsen lassen, eine Fliege drückt ihm sein Kinn in die Höhe, ihm, dem Verteidiger der gebeugten Nacken.

„Wie ich sehe, hast du dein Mäntelchen in eine andere Windrichtung gehängt", flüstere ich ihm zu.

„Besser noch", erwidert er, „ich habe mir ein neues geleistet."

Durch meine Taktlosigkeit aus dem Takt gebracht, sinnt er nach, in welchem Hundezwinger ihm ein Floh wie ich über den Weg gelaufen sein kann.

„Kämpfst du nicht mehr für die gute Sache?"

„Jede Sache ist gut, vorausgesetzt, es gibt einen ordentlichen Rausch dabei ... Kennen wir uns?"

„Ich denke nicht. Ich kannte einmal einen Rachid Lagoune. Das war aber eine Schwuchtel!"

Er mustert mich von oben bis unten und spuckt aus.

„Guten Abend, mein Herr! Hoffentlich auf Nimmerwiedersehen!"

Ein Stückchen weiter fängt Sid Lankabout mich ab, der Schreiberling des alten Regimes. Mein Gott, wie ich den hasse. Er hat so wenig Talent wie der Pantoffel einen Absatz. Doch zum Ausgleich dafür einen grenzenlosen Opportunismus. Am Anfang, als es Pflicht jedes Marxisten war, wie ein Besessener zu lesen, war er Kommunist, später, als jeder Trottel für kybernetische Literatur schwärmte, Surrealist. Vor allem hat er sich zu allen Zeiten in der Sprache der Apparatschiks geübt und über die besten Kontakte zu den Dinosauriern des algerischen Sozialismus verfügt. Sogar am Gymnasium hat er einmal unterrichtet, um der Jugend das Lesen zu verleiden.

Die Frankophonenhetze und die meisten Studentenunruhen gehen auf das Konto seiner morbiden Arabisierungswut.

Heute, wo die Intellektuellen ohne Vorwarnung umgebracht werden, gehört er seltsamerweise zu den wenigen Schriftstellern, die ihrem Geschäft frei nachgehen können, ohne sich ständig umsehen zu müssen.

Wie es in der literarischen Halbwelt mit ihrem Rivalitätsgerangel nun einmal üblich ist, wo sich Herzlichkeit aus gelehrten Gemeinheiten und falschen Freundlichkeiten speist, war das Verhältnis zwischen Llob und Lankabout schon immer das zweier Schlangen, die sich auf leisen Sohlen angiften, wobei er meine Romane beharrlich zur Trivialkunst erklärt und ich hartnäckig seinen Ruf als Don Quichotte der Kunst und Literatur in Frage stelle.

Und so schütteln wir uns mit einem gerüttelt Maß an Feindseligkeit die Hände.

„Worauf warten Sie noch, bis Sie Ihre Dienstmarke zurückgeben? So wie die Dinge liegen, läßt man sich als Polizist besser nicht mehr auf der Straße blicken. Abgesehen davon, verträgt sich die Berufung zum Schriftsteller nur schwer mit einem Beruf, der darin besteht, den Leuten auf den Geist zu gehen."

„So wie die Dinge liegen, läßt man sich auch als Schriftsteller besser nicht mehr auf der Straße blicken. Vielleicht legen Sie zuerst Ihre Feder beiseite, Monsieur Lankabout?"

Er betrachtet sein Glas, als suche er darin die Inspiration für das nächste Plagiat. Sein Mund verzieht sich, als er sagt: „Es heißt, Sie brüten gerade über einem dritten Buch?"

„Diesmal zum Thema Antimaterie."

„Interessant, ich wußte gar nicht, daß Sie Alchemist sind. Gibt es tatsächlich so etwas wie Antimaterie?"

„Der Fundamentalismus zum Beispiel: Antimaterie in Reinkultur!"

„Was werfen Sie ihm denn vor, Llob, so durch und durch fromm, wie Sie sind?"

„Seine Funktion als alogisch-verlogener Neologismus."

„Aha. Etwas gewagt, finden Sie nicht?"

„So gleiche ich mein mangelndes Talent aus."

Er nickt. „Hmm! Das eine so gut wie das andere, sich Ruhm zu verschaffen. Eine Fatwa, und schon werden Sie zum Prix Goncourt gepuscht. Es gibt eine Menge von Schreiberlingen, bei denen das funktioniert hat."

„Der lebende Beweis steht vor mir."

„Vielleicht, aber mein Risiko war äußerst gering. Sie dagegen sind verteufelt mutig, Llob, muß ich zugeben."

„Was wissen Sie schon von Mut, Monsieur Lankabout?"

„Nun, er ist ein höchst plumpes Täuschungsmanöver."

Er stößt ein boshaftes Kichern aus, schwenkt sein Glas, führt es an die Lippen, trinkt aber nicht. Seine Augen funkeln vor Falschheit und versprühen ihr ganzes Gift in die meinen.

„Wenn Sie nur die Feder mit der gleichen Leichtigkeit wie Ihre Zunge führen würden, Kommissar ... Es war eine Qual, sich in Ihr Werk einzulesen, Ali Baba."

„Beruht ganz auf Gegenseitigkeit, Ali Gator."

Meine Uhr erinnert mich daran, daß Anissa mich schon über zwei Stunden warten läßt. Vor zehn Minuten ist Haj Garne angekommen. Da er meine Gegenwart nur schwer erträgt, scheint er sich beim Hausherrn entschuldigt zu haben und ist wieder gegangen, nicht ohne anzudeuten, daß ein einziger Unterernährter, der bei Tische furzt, der ganzen Tischgesellschaft die Laune verdirbt.

Madame Fa hat derweil Gelegenheit gefunden, sich der Belagerung durch ihre Gigolos zu entziehen, um mich in die Enge zu treiben und glauben zu lassen, ich stünde kurz davor, Rabelais zu entthronen. Ihre Hand hörte nicht auf, die Beschaffenheit meiner Bauchmuskeln zu testen. Es stimmt, daß sie die Manie hat, ihren Worten durch hartnäckiges Getatsche Nachdruck zu verleihen, wie das bei Leuten so ist, die sich sonst kein Gehör verschaffen können, aber hier übertreibt sie wirklich. Verlorene Liebesmüh. Als ihr klar wird, daß sie mich nicht auf die Trophäenliste dieses Sabbats bekommt, läßt sie von mir ab.

Für einen Augenblick sehe ich den Albino von Ghoul Malek hinten im Saal, breitbeinig auf seine Schweinshaxen aufgepflanzt, einsatzbereit beim kleinsten Fingerschnipsen, wie ein Eunuche. Ich esse am Buffet schnell eine Kleinigkeit, und als ich zurückkomme, ist er schon fort.

Lino wiederum hat kein Lebenszeichen von sich gegeben, seit er mit den zwei Miezen nach oben verschwunden ist. Ich folge ihm, um nachzuschauen, da fällt mir eine halb geöffnete Tür auf. Ein Blick hinein bestätigt mir, daß Anissas Verspätung nicht auf irgendeine technische Panne zurückzuführen ist. Die Kleine liegt bäuchlings auf dem Bett der Lankabouts, das Kleid über die Hüften hochgeschoben, das Höschen zu den Waden heruntergezogen.

Ihr Mörder muß sie mit einem Kissen erstickt haben, während er sie vergewaltigt hat.

## 11

Zentimeter um Zentimeter habe ich mit Serdj Anissas Appartement im *Cinq Étoiles* durchgekämmt. Nur Spuren einer Kamera hinter den Nippessachen, was vermuten läßt, daß die Liebesspiele der Kleinen gewissenhaft dokumentiert worden sind. Sonst nichts. Kein Tagebuch, kein Telefonverzeichnis, nicht einmal ein Kalender. Der Schmuck ist nicht angetastet worden, aber die Familienfotos sind verschwunden.

Wir suchen unter den Teppichen und kratzen die hintersten Winkel der Schubladen aus, um einen Manschettenknopf oder ein Stück Fingernagel zu finden, die uns auf eine Spur bringen könnten: rein gar nichts.

Es gibt nur zwei Möglichkeiten: Entweder hatte Anissa ein Softwareprogramm im Kopf installiert, oder jemand ist uns zuvorgekommen.

Ich erwische den Etagenkellner, wie er uns durchs Schlüsselloch beobachtet. Auf frischer Tat ertappt, ist er bereit, mit uns zusammenzuarbeiten – auf seine Weise: er erinnert sich nicht, ob Anissa am Tag, an dem sie ermordet wurde, allein oder in Begleitung ausgegangen ist, schwört beim Haupt seiner Mutter, daß er sie für die Tochter einer reichen alten Schachtel gehalten und nicht das geringste von ihren horizontalen Geschäften geahnt habe. Der Rest des Personals ist vom gleichen Schlag. Sie alle sind an großzügige Trinkgelder gewöhnt und schalten ihr Gedächtnis je nach der Spendierfreude der Fragenden an und wieder ab.

Der Hoteldirektor begnügt sich damit, die Achseln zu zucken. Er erinnert sich nicht einmal mehr an die Kleine. Für ihn ist der Gast nur Mittel zum Zweck. Er hält den Laden in Gang wie ein Hotelpage oder ein Liftkabel. Er ist eine Zimmernummer oder eine Rechnung, für die die Buchhaltung zuständig ist. Wie er sich anzieht, was er sonst so treibt, ist dem Hotelier herzlich egal.

Da ich im *Limbes Rouges* Hausverbot habe, war ich so naiv, Lino loszuschicken, sich dort unauffällig umzusehen. Man weiß ja nie: auch ein blindes Huhn findet mal ein Korn.

Lino ist unverrichteter Dinge zurückgekommen, mit leerem Blick und ebensolchen Taschen. Was mich nicht sonderlich wundert. Lino würde noch im Ozean auf dem Trockenen sitzen, wenn man seine Fähigkeiten als Rutengänger in Anspruch nehmen würde.

Serdj durchstöbert den ganzen restlichen Tag die Archive. Währenddessen hänge ich mit dem Finger in der Nase in meinem Büro herum und lasse die Heldentaten einer Küchenschabe im Kampf mit meinen Schuhbändern ungerührt über mich ergehen.

Durch das Fenster blinzelt die Sonne auf mich herab. In der Ferne steht das kolossale Monument der Märtyrer kurz davor, sich in sein Grabtuch aus Gischt gehüllt vom Hügel herab ins Meer zu stürzen.

Ich folge dem Beispiel der Tüchtigen dieser Welt, die ihre Unfähigkeit nicht zugeben und so tun, als dächten sie nach, während sie dabei sind einzudösen. So spiele auch ich den Beschäftigten. Ein Chef schläft nicht, auch wenn er herzhaft schnarcht; er grübelt, er meditiert, er kontrolliert.

Als ich gerade selig entschlummern will, kommt Serdj mit einem zerknitterten Photo herein und reißt mich brutal aus meinen Träumereien.

„Vielleicht besteht da ein Zusammenhang!"

Auf dem Photo sieht man Anissa Arm in Arm mit Haj Garne auf einer Gala. Sie lächelt und strahlt übers ganze Gesicht. Im Hintergrund erkenne ich die nichtssagenden Züge der *Limbes-Rouges*-Chefin. Sie steht direkt hinter Mourad Atti.

„Und was bringt uns das?" frage ich gereizt.

Serdj geht um meinen Schreibtisch herum und beugt sich über meine Schulter.

„Das hier wurde am 29. Januar aufgenommen", erklärt er.

„Und weiter?"

Meine zunehmende Lustlosigkeit bringt ihn aus dem Konzept.

„Anissa hieß eigentlich Soria Atti. Mourad war ihr Cousin."

Ich halte mir die Hand vor den Mund, um ein Gähnen zu unterdrücken.

Serdj wischt sich die Stirn mit einem Taschentuch ab. Er merkt, wie demotiviert ich bin, und weiß nicht, ob er seinen Bericht auf später verschieben oder fortfahren soll.

„Mach ruhig weiter“, ermuntere ich ihn.

„In der Nacht vom 29. zum 30. Januar bekam ein gewisser Abbas Laouer einen Herzinfarkt, als er sich in einem der Zimmer des Nachtclubs gerade seinen Folterphantasien hingab. Seine Gymnastin war niemand anderer als Anissa.“

„Hör zu, mein Guter, ich bekomme noch einen Drehwurm, so sehr schleichst du um den heißen Brei herum. Komm direkt auf den Punkt, das ist der kürzeste Weg.“

Da die Schizophrenie eines Vorgesetzten noch keine Meuterei rechtfertigt, macht Serdj gute Miene zu meiner Unfreundlichkeit.

„Abbas Laouer war Direktor der Nationalbank“, führt er geduldig aus. „Er hatte ein echtes Problem. Sein Fonds wies ein Defizit von hundertzwanzig Millionen Dollar auf. Sein Tod stand auf allen Titelseiten. Einige Zeitungen sind sogar so weit gegangen, von vertuschtem Mord zu sprechen.“

Ich habe die Affäre damals am Rand mitbekommen. Die Veruntreuung öffentlicher Gelder ist bei uns gang und gäbe. Vom berühmten „Soudouq at-tadamoun“, dem „Solidaritäts-Fonds“, der gleich nach der Unabhängigkeit gegründet wurde, über den 26-Milliarden-Skandal bis hin zu den phantastischen Benefizveranstaltungen im Fernsehen zugunsten der Hospize ist das alles in seiner tödlichen Banalität keine Schlagzeile mehr wert.

Angesichts meiner Lethargie kürzt Serdj die Sache ab. Er tippt mit seinem tintenverschmierten Finger auf Mourad Attis Gesicht.

„Die Kleine wußte sicher etwas über den Tod ihres Cousins. Vielleicht hat sie sich selber bedroht gefühlt oder einfach nur den Kopf verloren. Das ist das dritte Mal, daß uns der Name des *Limbes Rouges* unterkommt. Meiner Meinung nach sollten wir uns mit Kommissar Dine kurzschließen. Er hat seinerzeit beim Tod von Abbas Laouer ermittelt."

„Dine ist in der Irrenanstalt."

„Sie haben ihn vor einem Monat entlassen. Ich habe das überprüft. Außerdem haben wir keine andere Wahl."

* * *

Dine empfängt mich in seiner armseligen Bude in einem der Wohnsilos. Er ist unheimlich gealtert. Nichts ist mehr übrig von seiner Leibesfülle. Von seiner Heiterkeit auch nicht. Er ist kahl geworden, sein Blick grau, seine Wangen so hohl, daß man Wasser in ihnen auffangen könnte. Der Mann ist am Ende, völlig verbraucht, er zittert und keucht: ein Wrack, das sich im Halbdunkel des Zimmers auflöst.

Unser Wiedersehen ist so unpersönlich wie eine Gegenüberstellung. Er hat weder einen Handschlag noch ein Lächeln für mich übrig. Ich habe das Gefühl, seine Kreise zu stören. Ich setze mich ihm gegenüber hin und finde nirgendwo die Kraft, ihn zu fragen, wie es ihm geht.

Auf dem Tisch zwischen uns eine Flasche, in der gerade noch ein Finger Alkohol übrig ist, daneben ein Aschenbecher, voll wie eine Urne. Um uns herum ein einziges Chaos: Matratzen liegen herum, einzelne Schuhe, schmutziges Geschirr, Staub, Gestank...

Dine schiebt seinen Pyjama hoch, um sich an der Wade zu kratzen. Sein Bein ist ungesund bleich. Mit zittriger Hand hebt er eine Schachtel Zigaretten vom Boden auf.

„Du schnaufst schon wie eine Dampflok!"

„Verteilt den Raucheratem besser im Raum. Tut mir leid, einen Kaffee kann ich dir nicht anbieten."

„Macht nichts. Sind deine Kinder nicht da?"

„Leg keinen Wert drauf, daß die mich so verkatert hier rumhängen sehen. Ich hab sie nach Oran geschickt."

Ich nicke. „Wir machen alle turbulente Zeiten durch."

Ohne den Sinn zu erfassen, wiederholt er mit betrunkener Stimme: „Turbulente Zeiten."

Er sinkt in seinen abgewetzten Sessel zurück, bläst Rauchkringel in die Luft. Flüchtig scheint ein blödes Lächeln unter seinem Schnurrbart auf. Unvermittelt runzelt er die Stirn, als hätte er eben erst meine Anwesenheit bemerkt.

„Warum bist du gekommen, Llob?"

„Kannst es wohl kaum erwarten, bis ich das Feld wieder räume?"

„Man kann dir aber auch gar nichts verheimlichen."

Ich stehe auf, trete ans Fenster. Draußen verweigert Algier dem Mittelmeer jegliches Interesse. Über seine sämtlichen Hügel verstreut starrt es auf die Sonne wie ein verwüsteter Hühnerhof auf ein unerreichbar fernes Maiskorn. Schweigend und mißtrauisch ankern ein paar Schiffe auf offener See. Die Küsten des Landes sind auch nicht mehr das, was sie einmal waren.

Unten, auf der aufgesprungenen Erde des Innenhofs, reißen zwei Kinder meinem Zastava den Rückspiegel ab. Ein drittes springt auf dem Auto herum und rutscht laut lachend über die Motorhaube.

„Warum bist du gekommen?"

Ich drehe mich um. Dine steckt sich mit dem Stummel der alten eine neue Zigarette an. Seine Bewegungen sind hektisch. Wie eine Alte, die ihr Gebiß zurechtrückt.

„Wegen des *Limbes Rouges.*"

„Ich hab mit der Sache nichts mehr zu tun."

„Ich schon."

Er betrachtet seine Zigarette und verliert sich eine Weile in seinen Alpträumen.

„Das ist ein Schießstand, Llob. Zu viele Heckenschützen."

„Hast du deshalb aufgegeben?"

„Ich bin zweiundfünfzig, habe acht Mäuler zu stopfen und keinen Groschen auf der Seite."

„Hat man dir gedroht?"

Er wirft den Kopf mit einem ungesunden Lachen nach hinten.

„Man droht nicht einem Nichts, einem Weniger-als-Nichts. Man setzt zwei Bengel auf ihn an, die jünger als seine eigenen Kinder sind, und die Sache ist erledigt."

„Wer ist ‚man'?"

„Dein Problem. Ich bin ausgestiegen. Ich stehe auf, wann ich will, gehe schlafen, wenn ich Lust dazu habe, und wenn ich auch nicht jeden Tag die Nase nach draußen stecke, habe ich wenigstens den Trost, daß ich nicht meinen eigenen Schatten für einen Terroristen halten muß."

Verbittert drückt er die Zigarette im Aschenbecher aus. Seine Hände ballen sich zu Fäusten, trommeln gegen seine Knie. Minutenlang werde ich Zeuge eines seltsamen Pantomimenspiels. Dann findet er ansatzweise zu seiner normalen Verfassung zurück und entspannt sich.

„Diese Leute haben nicht mehr Skrupel als eine Brechstange", sagt er wie zu sich selbst. „Wenn du nur einmal nicht aufpaßt, wo du deine Finger hinsteckst oder den Fuß hinsetzt, haben sie dich schon erwischt, und ehe du auch nur merkst, wie unvorsichtig du warst, tragen sie dich auf der Kehrschaufel hinaus. Die haben überall ihre Spitzel sitzen, in der Administration, unter deinen Kollegen, ja selbst bei dir im Kleiderschrank ... Sie werden dich wie eine Motte zerquetschen." Er reibt mit einer vieldeutigen Geste Daumen und Zeigefinger gegeneinander. „Einfach so, zwischen zwei Fingern. Und danach gibt es dich nicht mehr. Du bist futsch. Einfach weg ... Jetzt fragst du dich, ob ich nicht besser noch eine Weile bei den Verrückten geblieben wäre. Nun ja, du hast recht. Es muß einem schon was im Hirn fehlen, wenn man es wagt, in der Scheiße der Götter zu wühlen."

Er sieht sich suchend um, mit leerem Blick, auf der Nasenspitze eine Schweißperle. Seine Zigarettenschachtel ist leer. Er zerdrückt sie wütend und schleudert sie gegen die Wand ...

Der Polizist, auf den ich einmal so stolz war, erregt nur noch mein Mitgefühl. Um etwas Druck von ihm zu nehmen, gehe ich wieder ans Fenster zurück. Das Viertel duckt sich verschämt und verschreckt hinter den schäbigen Wohnsilos. Die drei Kinder vergnügen sich inzwischen mit einem anderen Auto.

„Hast du nicht zufällig irgendwo noch ein paar Unterlagen von dem Fall herumliegen?"

„Kein einziges Blatt bekämst du davon. Wenn du deine alte Eselshaut riskieren willst, dann ohne meinen Segen."

„Ich habe da ein paar Namen auf meinem Schreibtisch. Aber mir fehlt noch der Zusammenhang."

„Vergiß es. Ohne mich. Und jetzt hau ab. Es ist Zeit für meine Tabletten."

Ich bohre nicht weiter.

Er holt mich auf der Türschwelle ein.

„Da läuft zuviel hinten herum, Llob. Das ist eine Nummer zu groß für dich. Das *Limbes Rouges* ist ein Minenfeld. Diese Leute überlassen nichts dem Zufall. Die kennen kein Zögern und kein Zurück, und Kompromisse gibt es nicht für sie. Überleg es dir, du bist zu nichts verpflichtet. Wäg in Ruhe ab. Manchen Fällen geht man nach, von anderen läßt man lieber die Finger."

„Ich tue nur meine Arbeit. Wenn mittendrin was außer Kontrolle gerät, das ist Berufsrisiko."

Er droht mir mit zittrigem Finger: „Ich habe dich jedenfalls gewarnt."

„Hör auf zu rauchen, Dine. Und vor allem: hör auf zu trinken.“

## 12

„Jüngstes Mordopfer ist der Komiker Aït Méziane. Als er gerade seine Tochter zur Schule brachte, schossen ihm zwei Bewaffnete drei Kugeln in den Nacken ...“. Ein Zischen, und der Sprecher fügt noch etwas hinzu, das ich nicht mitbekomme.

Die Nachricht trifft mich mit voller Wucht. Ich erstarre über meinen Schuhbändern, unfähig, beim Zuknüpfen weiterzumachen.

Nadelstiche durchbohren meinen Kopf, Erinnerungsfetzen blitzen auf: ein Schulhof, auf dem das Opfer seine ersten Späße trieb, eine Ecke im Klassenzimmer, wo der Lehrer ihm eine Papierkrone mit Eselsohren aufsetzte, die Bretter einer einfachen Bühne, auf der er sich anschickte, die Herzen der Menschen zu erobern, schließlich der Empfangsraum im Kommissariat, wo er mir das meine brach.

„Verdammt!“

Mina stellt das Radio leiser. Sie weiß, wieviel Aït mir bedeutet hat. Ihre Augen verdunkeln sich. Sie lehnt sich gegen die Wand und ballt die Fäuste.

Wortlos schnüre ich die Schuhe fertig zu, stehe auf, schlüpfe in meine Jacke und gehe in die Küche. Wortlos gebe ich zwei Stück Zucker in meinen Kaffee, etwas Marmelade auf mein Brot und frühstücke, während ich auf einen Sprung in der Scheibe starre.

Drei Hupstöße kündigen mir Linos Ankunft an. Wortlos wische ich mir den Mund an einem Geschirrtuch ab, gehe hinaus ins Treppenhaus und vergesse, die Tür hinter mir zu schließen.

Die Sonne vertreibt die letzten Widerstandsnester der Nacht, die sich in die hintersten Winkel der Toreinfahrten zurückgezogen haben. Ihre galvanisierten Strahlen prallen von den Scheiben ab, blitzen auf den Karosserien der Autos auf, tollen als eine Vielzahl von Irrlichtern auf den taunassen Gehsteigen umher, doch kein Funke, der es schafft, die Augen der Passanten zu erhellen.

Die Leute gehen mit unhörbarem Rascheln aneinander vorbei, gedankenverloren, schlafwandlerisch. Etwas in ihrem Gang zeugt von tiefster Resignation. Sie haben die Haltung derer, die der Messias persönlich beleidigt hat. Ihr Schweigen ist das Schweigen derer, die einander nicht mehr verstehen.

Lino hält mir die Tür auf. Er sagt nicht guten Morgen. Er weiß, daß ich weiß.

Wortlos bahnen wir uns einen Weg durch den Nebel.

Im Büro erfahre ich von Serdj, daß einer der beiden Mörder von Aït Méziane bereits verhaftet ist. Sofort stelle ich mir vor, wie ich ihn bei lebendigem Leib in Stücke zerreiße.

Als ich in seiner Zelle ankomme, weicht meine Wut. Aschfahl und fröstelnd kauert er in der Ecke. Ein Jugendlicher, kaum größer als ein Gewehr. Offensichtlich von den Ereignissen überfordert. Sein Blick, der eines gefangenen Vogels, schießt nach allen Seiten, ohne den meinen zu streifen. Zitternd preßt er die Hände zwischen die Schenkel.

Mir ist gleich klar, daß wir mit ihm als Führer so bald nicht über den Berg sein werden.

Zunächst streitet er durch die Bank alles ab. Nach einer halben Stunde wird er schwach: Er arbeitet als Mechanikerlehrling, Place de la Gare. Anfangs hat man ihn mit einem Einbruch hier, einem Botendienst dort betraut. Dann trug man ihm auf, Alarm zu schlagen, sobald ein Taghout des Viertels zu ihm kam. Dann mußte er seine Jacke an den Türflügel hängen.

„Das Schießen übernimmt Didi. Ich nenne ihm das Ziel und stehe Schmiere. Nach dem Anschlag verstecke ich die Waffe in der Werkstatt. Am Abend kommt jemand vorbei und holt sie ab."

Er wurde vor fünf Monaten am Tag nach einer Razzia in der Innenstadt rekrutiert. Er kam aus dem Bad. Polizisten stießen ihn in den Einsatzwagen. Drei Stunden blieb er auf dem Kommissariat. Mißhandelt wurde er nicht, aber man nahm seine Herkunft und seine Anschrift auf. Didi nennt das die schwarze Liste. „Du bist geliefert!" hat er ihn angeschrien. „Eines Tages, wenn sie alles andere abgegrast haben, kommen sie und holen dich."

„Ich habe nicht gewußt, daß er mich reingelegt hat!" heult er. „Didi hat versprochen, auf mich aufzupassen. Er gab mir immer wieder Geld und nahm mich ins Stadion mit. Er sagte mir, wir wären Brüder und daß Gott unsere Taten segnen würde. Er gab mir Taschen, die ich bei mir aufbewahren sollte. Dann war da plötzlich ein Revolver. Und dann gleich der Nachbar, einer vom Fernsehen."

„An wie vielen Attentaten warst du beteiligt?"

„Nur an drei, ich schwöre es. Nicht eines mehr. Didi hat sie erschossen. Ich weiß nicht einmal, wie man eine Kugel in die Trommel steckt."

„Wer war das zweite Opfer?"

„Jamal Armad. Didi hat sehr schlecht über ihn geredet. Er sagte, daß dieser Kerl der Satan sei, daß er Obszönitäten schreiben und die Jugend verderben würde."

„Wo ist Didi?"

„Ich weiß nicht. Er hat mir nie gezeigt, wo er wohnt. Wenn er Arbeit für mich hat, kommt er zur Werkstatt. Ich treffe ihn dann in einem Café zweihundert Meter weiter. Er sagt mir, um was es geht, und nennt mir Zeit und Ort. Dann geht jeder in seine Richtung davon.“

Am Nachmittag legt mir Serdj ein Phantombild vor.

Erinnern Sie sich noch an den Wachhund mit den gedopten Muskeln am Eingang des *Limbes Rouges*: Nun, genau das ist Didi.

* * *

Das Neonschild vom *Limbes Rouges* zerschneidet die Straße in blutrote Streifen. Hin und wieder wird die Eingangstür von einem Schwall Musik beiseite geschoben, den der Wind alsbald wieder verschluckt. Der Nieselregen legt sich klagend auf die heiteren Nächte von einst, während die Bäume sich in clownesker Hysterie die Haare raufen.

Verschwunden sind die Cliquen, deren Lachen bis zu den Sternen schallte, die schlaflosen Straßen und die Betrunkenen, die ihre eigenen Halluzinationen beschimpften.

Die Rue des Lauriers-Roses gleicht einem von Gott und den Menschen verlassenen See, in dem der Nachtclub wie eine verwunschene Insel herumspukt.

Noch vor wenigen Monaten haben Kioske die Esplanade bis hin zum Marktplatz gesäumt. Nachtschwärmer sind friedlich umherflaniert und haben die Lichter im Hafen gezählt. Die einen haben einander Schwänke aus ihrem Leben erzählt, die anderen überschwenglich vom Schlaraffenland geträumt. Es war nicht wirklich das Paradies, aber weniger traurig als die Hölle, die danach kam.

Heute abend tritt sie auf der Stelle, die Rue des Lauriers-Roses. Ihre Gebäude stehen da wie bestellt und nicht abgeholt. Weit und breit kein Schaschlik-Verkäufer in Sicht und kein Gigolo auf der Jagd nach einem vergoldeten Seitensprung. Die Leute verkriechen sich zu Hause und halten den Atem an. Eine Schüssel, die beim Nachbarn hinunterfällt, versetzt gleich das ganze Viertel in Alarm.

Zwischen zwei Polizeikontrollen braust von Zeit zu Zeit ein Geisterauto über die regennasse Straße und hält vorm Night-Club an. Dann schließt sich die Tür des Etablissements wieder und überläßt die Welt dem leisen Gejammer des Regens und dem frenetischen Tanz der Bäume.

Wir haben an der Ecke unter einer Laterne mit zerschlagener Lampe geparkt. Wir qualmen verdrossen eine Zigarette nach der anderen. Die Scheiben sind beschlagen und Lino ist beleidigt, weil sich die Zeiger seiner Uhr noch immer im Kreise drehen. Es ist eine Strafe für ihn, in einer stinkenden Karre auf einem vermoderten Sitz zu hocken und darauf zu hoffen, daß das Vögelchen ausfliegt. Er verübelt mir, daß ich ihn zu nächtlicher Stunde herausgeholt habe, und fühlt sich grund- und gnadenlos ausgenutzt.

Er regt sich ganz umsonst auf. Wenn ich mir einmal etwas in den Kopf gesetzt habe, würde sich jeder Nagelheber daran die Zähne ausbeißen.

Das Vögelchen kommt gegen ein Uhr heraus. Ein Mädchen von etwa zwanzig Jahren, schön wie ein Lächeln mit Rehaugen und gertenschlank. Den Bauchtanz beherrscht sie sicher besser als eine Kobra.

Wir warten, bis sie sich in ihrem Renault zusammengerollt hat und in Richtung Hafen weggefahren ist. Nach einer Polizeisperre durchqueren wir eine Vorstadt, die wie ein indischer Friedhof aussieht, umrunden einen Teil von Bab-el-Oued, wo die einfachen Leute bumsen, um sich warmzuhalten, und erklimmen die Serpentinen zu den Anhöhen der Stadt. Ohne Vorwarnung verschwinden die Elendsviertel, und wir finden uns in einem kleinen Garten Eden mit stattlichen Villen, Schweizer Chalets und hängenden Gärten wieder.

Lino, der in der Nähe eines Müllplatzes aufgewachsen ist, traut seinen Augen nicht. Er sieht sich staunend um und verrenkt sich fast den Hals, so ist er vom Glanz dieser Residenzen geblendet, die zwei Steinwürfe vom Elend der Slums entfernt schamlos ihre Pracht entfalten.

„Donnerwetter! Schau dir diese Festungen an, Kommy. Ich hoffe, du hast uns ein Visum besorgt. Wo sind wir hier eigentlich? Ich glaube, du hast ein wenig zu fest auf die Tube gedrückt. Wir haben bestimmt die Schallmauer durchbrochen!"

Ich gebe keine Antwort. Ich versuche, mich auf den Renault zu konzentrieren, um nicht aufsehen zu müssen.

Lino staunt buchstäblich Bauklötze. Der Arme! Er hat noch immer nicht begriffen, daß in seinem geliebten Land jeder versucht, seinen Nachkommen einen Palast zu errichten, und niemand daran denkt, ihnen eine Heimat zu geben.

Der Renault vor uns fährt auf den Gehsteig, gleitet in eine Garage und schaltet die Lichter aus.

Ich wende mich zu Lino: „Jetzt wissen wir, wo Didis Freundin wohnt, und du bekommst den Auftrag, das Haus rund um die Uhr zu überwachen."

Die Bauklötze fallen zusammen, sein Mund bleibt offen.

Ich tröste ihn: „Ist mal was anderes als deine Bruchbude."

* * *

Eine Woche lang hat Lino in der Umgebung der Tänzerin herumgeschnüffelt, ohne auch nur den Schatten von Didi auszumachen. In der Zwischenzeit hat er einen Dealer wiedererkannt, den die Kleine zweimal empfangen hat. Das erstemal am Tag nach dem Mord an Aït Méziane, das zweite Mal in einem Mercedes, den ein Albino gefahren hat.

Über eine Kette von Umwegen ist es uns gelungen, den Schlupfwinkel des Dealers ausfindig zu machen. Ich beschließe, ihm mit Lino, Chater und Serdj einen Höflichkeitsbesuch abzustatten. Chater und Serdj sollen in einem Café gegenüber einer Sackgasse abwarten und uns den Rücken decken. Lino und ich klettern über eine Mauer, um in den Hof eines leerstehenden Lagerhauses zu gelangen.

Einige Kinder stehen aufrecht auf ein paar Fässern und pinkeln um die Wette. In einer Ecke rosten unter Schichten von Exkrementen und Staub die Überreste eines Traktors vor sich hin. Wir dringen in die Halle ein. Fast wäre Lino über eine Stufe gestolpert.

„He, du stehst auf meiner Hand!" stöhnt ein Penner unter einem Haufen von Stoffetzen.

Wir entschuldigen uns und gehen in Richtung einer feuchten Rumpelkammer weiter. Durch eine kleine Tür, die sich unter einer Metallstiege duckt, gelangen wir in einen Gang, der so eng ist, daß wir hintereinander gehen müssen. Unter uns brütet ein Elendsloch über seinem Unglück. Zwei Kleinkinder spielen unter dem abwesenden Blick eines Greises mit einer Gasflasche. Eine Luke führt uns zu einer Art Treppenabsatz, wie ich ihn nicht einmal meinem algerischen Verleger wünsche. Kein Geländer, keine Beleuchtung, nur ein paar abgetretene Stufen, die in der Dunkelheit schweben, bereit, uns ins Nichts zu befördern.

Die Tür, die uns interessiert, modert am Ende des Ganges vor sich hin. Links davon hört man ein Baby schreien. Ich ziehe meine Knarre und breche die Tür mit einem Fußtritt auf. „Polizei!"

Ein Tisch stürzt mit Gepolter um, man hört zwei Flüche, und schon ballert ein Schießeisen in unsere Richtung los.

Ich dringe wahllos feuernd als erster ein. Ein zerrissener Vorhang winkt uns Lebewohl. Der Dealer ist über die Dächer davon. Er ist nicht allein. Ein Klumpfuß hüpft Hals über Kopf hinter ihm her.

„Polizei! Stehenbleiben ..."

Eine Gruppe Frauen läßt die Wäsche fallen und läuft schreiend auseinander. Der Klumpfuß gerät mit dem Fuß in einen Eimer, fällt hin, schickt uns eine Salve entgegen. Lino schießt zurück und trifft ihn an der Schulter.

Der Dealer kommt zurück, um seinem Kumpel aufzuhelfen, zögert angesichts unseres Ansturms, wägt Pro und Kontra gegeneinander ab. Schließlich jagt er dem Hinkebein eine Kugel in den Schädel und entkommt durch eine Waschküche.

„Nimm die Stiege!" rufe ich Lino zu.

Der Leutnant verschwindet.

Hinter der Waschküche ist eine weitere Terrasse. Ein Treppenhaus führt in ein furchterregendes Gebäude hinunter. Hinter den Türen kreischen die Frauen. Ich steige mit butterweichen Knien in die Hölle hinab.

„Gib mir mein Kind zurück!" schluchzt eine Mutter. „Es ist krank. Laß es in Ruhe!"

Der Dealer kann nicht vor noch zurück, das Kind hat er als Schutzschild vor sich. Lino setzt Himmel und Hölle in Bewegung, um die Mutter in der Deckung zurückzuhalten.

„Laß den Kleinen los!" fordere ich den Dealer auf.

„Nein, und du wirst deinen Hintern von hier fortbewegen, du Fettwanst!" Seine Augen leuchten seltsam triumphierend auf. „Du wirst ihn auf dem Gewissen haben", warnt er mich. „Ich habe nichts zu verlieren. Eine Bewegung, und das Gesichtchen des Engels da ist nicht mehr nett anzuschauen."

Er kichert.

Ich kenne diese Art von Verrückten. Wenn ich meine Waffe sinken lasse, schießt er mich nieder und verschwindet mit dem Kind. Wenn ich sie oben lasse, gewinne ich Zeit zum Überlegen.

Lino versucht, ihn abzulenken. Der Dealer gewöhnt ihm das mit einem schnellen Schuß zur Seite ab.

„Keine Bewegung, Scheißkerl!"

„Wenn du dem Kleinen auch nur ein Haar krümmst, verspreche ich dir, ich schneide dich in Scheibchen."

Er wühlt hektisch in den Haaren des Buben.

„Du hast verloren, du häßlicher Dickwanst. Jetzt kannst du drei Tage pausenlos fasten. Und nun geh zur Seite und wirf dein Spielzeug herüber."

Hinter ihm taucht über der Mauer der Kopf von Serdj auf.

„Schon gut", sage ich und breite langsam die Arme aus. „Laß den Kleinen los ..."

„Dein Spielzeug auf den Boden, und zwar plötzlich!"

Serdj macht mir ein Zeichen nachzugeben.

Mein Magen verkrampft sich. Über meinen Rücken jagen prickelnde Schauer. Der Dealer kichert noch immer, so kalt und zynisch, daß ich feuchte Hände bekomme.

„Schneller, Scheißbulle!"

Die Pistole fällt mir aus der Hand. Ich weiß nicht, was passiert ist. Wie im Traum sehe ich, wie der Dealer das Kind in Richtung Lino stößt, um seine Seite zu decken, und seine Kanone auf mich ansetzt. Ein Schuß... Ich warte lange darauf, daß ich zusammenbreche. Der Dealer zuckt mit keiner Wimper. Er kichert und kichert, dann färben sich seine Zähne rot und ein Rinnsal Blut quillt aus seinen Mundwinkeln hervor. Er taumelt wie in Zeitlupe und schlägt endlich auf den Boden auf.

Serdj springt von der Mauer herunter, stößt mit dem Fuß die Waffe des Dealers weg, beugt sich über ihn.

„Er atmet noch. Einen Krankenwagen, schnell!"

* * *

Der Dealer ist ein gewisser Slimane Abbou. Die Kugel von Serdj war ein glatter Lungendurchschuß ohne größere Verletzungen. Der Polizeiarzt sagt, er müsse unter Beobachtung bleiben. Ich verspreche, ihn im Auge zu behalten.

Eine Hausdurchsuchung bei ihm hat uns ein Fax eingebracht, zwei abgesägte Schrotflinten und jede Menge Munition, dazu ein ganzes Sortiment zum Bombenbau, ein Handbuch über explosive Stoffe sowie Traktate, die mit Abou Kalybse gezeichnet sind, dazu eine Liste mit den Namen von dreiundzwanzig Intellektuellen, von denen acht mit einem Kreuz markiert sind, darunter der Dichter Jamal Armad, Sissane Miloud vom Fernsehen und der Theatermann Aït Méziane ...

Entweder kann Abou Kalybse meinen Stil nicht leiden oder er liest keine Krimis, denn mein Name ist nicht für sein Festival nominiert.

## 13

Omar Malkom, auch Iks genannt, besitzt ein Elektrofachgeschäft in einem ruhigen Viertel. Sein Laden reicht bis auf den Gehweg hinaus, ist ansprechend aufgemacht und verfügt über ein riesiges Schaufenster und eine Tür, die klingelt, wenn man sie aufmacht.

Er kritzelt gerade etwas in ein Registerheft, neben sich hat er einen riesigen Stapel von Rechnungen liegen.

Serdj schließt die Tür, dreht das Schild *open* auf *closed*, damit uns niemand stört, und verschränkt die Arme.

„Was kostet der Kühlschrank?“ melde ich mich.

Omar hebt die Hand, um nicht aus der Konzentration gebracht zu werden, tippt auf einem Taschenrechner Zahlen ein und überprüft seine Zettel, wobei er die Zunge in Schülermanier herausstreckt.

Er ist ein stattlich gewachsener Schwarzer mit Fäusten, die

einen Esel locker sein Gebiß verschlucken lassen könnten. Er trägt einen Dreiteiler, wie die Banker sie tragen, eine goldene Armbanduhr und eine falsche Ray-Ban. Sein Kopf ist an den Schläfen und im Nacken streng ausrasiert, das verbleibende Viereck von Haaren oberhalb der Stirn ist phosphorgrün eingefärbt.

„He, Punk, gehen die Geschäfte gut?"

Er legt seinen Schreiber widerwillig hin.

„Welcher Kühlschrank?" fragt er.

Ich halte ihm meinen Ausweis unter die Nase.

„Diese Art von Kreditkarte akzeptieren wir nicht. Hier zahlt man cash."

„Ich hab's aber eilig!"

Er fährt sich nervös mit der Hand über die Stirn.

„Polizei, das hat mir gerade noch gefehlt. Ihr bringt nur Unglück über mein Geschäft. Seid ihr hier in der Gegend bekannt? Wenn ja, werde ich wohl umziehen müssen."

„Kein Grund zur Sorge", beruhigt ihn Serdj.

Er zwängt sich hinter seinem Ladentisch hervor und tänzelt zu den Rolläden, um sie zu schließen.

„Wollt ihr mich verhaften oder nur ein bißchen quatschen?"

„Hängt ganz von dir ab."

Er kichert und vollführt eine Art Breakdance.

„Tsss! Ich bin immun."

„Eine Auffrischungsimpfung könnte nicht schaden."

Er dreht sich um, mustert uns und begibt sich hüftschwingend hinter seinen Ladentisch zurück. So betont lässig, wie er sich gibt, ist er sicher ein Fan von Spike Lee.

„Hör mal, kho, ich bin sauber. Meine Buchführung ist so penibel wie das Strafgesetzbuch."

„Mourad Atti war doch ein Kumpel von dir."

Nicht die leiseste Regung auf seinem Ebenholzgesicht. Seelenruhig fährt er mit der Hand über seinen Rechner. Nach einer Schweigeminute für den Dahingegangenen beginnt er zu reden:

„Er war mehr als ein Kumpel. Aber er lebte sein Leben, ich das meine. Wenn ihr glaubt, daß ich mit dem, was ihm passiert ist, etwas zu tun habe, dann irrt ihr euch, kho, ich bin Geschäftsmann. Ehrlich. Ich kremple meine Ärmel auf, um Geld zu verdienen, aber ich ziehe doch keine Waffe. Ich bin kein Mörder."

„In deiner Akte steht, daß du Kontakte zu fundamentalistischen Kreisen hattest", testet ihn Serdj.

Omar bricht in übertriebenes Gelächter aus und läßt erneut seine Hüften kreisen.

„Das ist nicht mein Fach, kho. Ich im Gewand eines afghanischen Hirten, kannst du dir das vorstellen, ausgerechnet ich, wo ich mich so gern in Schale werfe?"

„Du hast doch mit Mourad zusammen ..."

„Stop! Mourad war mein Kumpel, kho. Ein Kind aus meinem Kaff. Wir sind vor Hunger fast gestorben und haben gemeinsam den Gürtel enger geschnallt. Wir sind im selben Schlammloch geboren und unsere Mütter haben sich beim selben Makler abgerackert. Damals haben wir keine großen Dinger gedreht. Nur Lappalien. Gerade soviel, um mal die Hose zu wechseln oder in der letzten Spelunke im Ort was zu beißen zu bekommen."

Er wirkt traurig. Es schmerzt ihn sichtlich, die Vergangenheit aufleben zu lassen.

„War keine schöne Zeit", setzt er hinzu. „Wir haben uns nicht mal getraut, uns photographieren zu lassen."

„Und deshalb hast du dich mit Kif vollgepumpt."

„Ich rühre diese Scheiße nicht an. Träume habe ich, wenn ich klar im Kopf bin, kho. Wer hat euch so einen Schwachsinn erzählt?"

„Slimane ... Slimane Abbou", greift Serdj vor.

Omar runzelt die Stirn. „Nie von ihm gehört."
„Er verkauft Schnee in der Kasbah."
Er schüttelt den Kopf. „Kenn ich nicht."
Ich schiebe ihm das Phantombild von Didi unter die Nase. „Das da ist kein Comic-Held", warne ich ihn.
Er verzieht das Gesicht, fährt sich mit dem Finger ins Ohr, läßt sich Zeit.
„Ist das der Rambo vom Nightclub in der Rue des Lauriers-Roses?"
„Haargenau."
„Den treff ich von Zeit zu Zeit an der Uferpromenade. Wir grüßen uns nicht einmal."
„Hast du ihn in letzter Zeit nicht mehr gesehen?"
„Hab nicht darauf geachtet."
„Und Brahim Boudar?" fährt Serdj ihn an.
Malkom beherrscht sich. Er antwortet ganz unbeteiligt:
„Ein Dreckskerl. Wir haben uns im Knast kennengelernt. Promiskuität eben. Ist nicht mein Fall."
„Er ist tot."
„Keinen Tag zu früh."
„Trotzdem, mit Boudar, Daho Lamine und Mourad Atti, da lief doch alles wie am Schnürchen."
Er unterbricht mich. Seine mit Ringen überladene Hand schnellt mir vors Gesicht.
„Damit wir uns richtig verstehen, kho. Verwechseln wir nicht Ramadan und Chaaban*. Daho Lamine war ein Krösus, die reinste Goldmine für Mourad und mich. Mit dem haben wir zum erstenmal den Fuß in ein echtes Restaurant gesetzt. Er leitete eine Schmugglerbande und schlug uns ganz einfache Dinge vor: Kofferträger. Nur Klamotten. Einmal rasch nach

---

* *Name des auf den Fastenmonat Ramadan folgenden Monats*

Alicante oder Damaskus, oder Marseille, und bei der Rückkehr winkte uns ein dicker Umschlag. Damit habe ich mir einen kleinen Laden am unteren Ende der Rue des Oiseleurs leisten können. He, das Risiko habe ich auf mich genommen, kho! Wenn mich die Zöllner abgefangen haben, habe ich nicht gemurrt. Für nichts gibt's nichts."

„Daho hat mit Waffen gehandelt..."

„Das war allein seine Sache. Nichts für mich. Ich war im Kleidergeschäft. Kein Rauschgift, keine Waffen. Nur Klamotten."

Ich nicke. Serdj kommt näher, übernimmt: „Und wie war das im Oktober 1988?"

Omar winkt mit dem Finger ab, deutet eine Art Tanzschritt an, setzt sein milchiges Lächeln auf und beginnt zu erzählen:

„Mourad ist zu mir ins Geschäft gekommen. Er war ganz aufgeregt. ‚Vertraust du mir?' hat er mich gefragt. Ich darauf: ‚Erst will ich sehen.' Er: ‚Wir werden die Stadt auf den Kopf stellen.' Ich: ‚Sie steht ja schon kopf.' Dann er: ‚Eben. Es gibt einen Krawall im großen Stil. Die Straße wird sich erheben. Das reinste Kinderspiel. Du setzt eine Schachtel Zündhölzer ein und gehst mit fünfundzwanzig Scheinchen nach Hause.' Steinreich warst du damals mit fünfundzwanzig Scheinchen noch nicht, aber du konntest zumindest mit dem Hausbau anfangen. Ich hab gesagt: ‚Abgemacht!' Zwei Tage später platzte die Straße aus allen Nähten. Wir haben Geschäfte und Busse in Brand gesteckt. Sie haben uns festgenommen und ins Gefängnis gesteckt. Insofern hab ich cash gezahlt, ohne Straferlaß."

„Wer steckte hinter den Krawallen?"

„Jetzt enttäuschst du mich aber, kho."

„Und dann?"

„Was dann, kho?"

„Dann wurde Daho Lamine doch Fundamentalist."

„Wir haben nicht die gleiche Chechia* getragen."

„Aber du wußtest, was ihm im Kopf herumging?"

„Das hat ein Blinder gesehen. Daho würde selbst mit dem Teufel verhandeln. Er hat sich immer eine Hintertür offengelassen. Man hat damals stark auf die Fundamentalisten gesetzt, und er wollte nicht am selben Galgen wie die Ungläubigen baumeln."

„Und Brahim Boudar?"

„Der geborene Mörder!" meint er und macht angewidert eine entsprechende Handbewegung. „Schon als Kind hat er Katzen und Hunde gequält. Kein einziger Köter hat sich in unser Kaff gewagt ... Natürlich wollte er mich anheuern. Ich habe es ihm klar und deutlich gesagt. Kein Blut an meinen Händen, kho. Wie heißt es doch? Ehrlich währt am längsten. Ich weiß, daß es da oben ein Gericht gibt. Ich habe das auch Mourad gesagt. Aber Mourad hat gern groß angegeben. Er hat sich am Schlammloch gerächt. Von der Religion hat er sich keinen einzigen Vers gemerkt. Er kannte nur einen Gott, den einzigen Gott, der keinen Propheten braucht, der für ihn Werbung macht: die Knete!"

Serdj ist nicht überzeugt. Er versucht es noch einmal:

„Normalerweise eliminieren die Fundamentalisten jeden, der aus der Reihe tanzt."

„Ich bin rechtzeitig abgesprungen. In dem Augenblick, als die Wahl abgebrochen wurde, habe ich gespürt, daß das nicht gut ausgehen konnte. Zu viel Manipulation!"

„Was meinst du damit?"

„Schwierig zu erklären. Es hat mir nicht gefallen. Ich konnte mir die Typen schlecht an der Bar und auf dem Minbar** zugleich vorstellen. Das war nicht sunnitisch. Notorische Ga-

-------------

* *traditionelle Kopfbedeckung, Fez*

** *Kanzel in der Moschee*

noven im Gewand der Mullahs, da war nichts Gutes zu erwarten. Als ob ein trojanisches Pferd in die Moscheen eindringen würde ... Weißt du, ich bin weder Polizist noch Journalist; ich bin Kaufmann, kho."

„Hast du Vermutungen über den Mord an Mourad?"

„Tausendundeine Vermutung, Mourad war ein Schürzenjäger. Er stieg den Jungfrauen ebenso nach wie den Ehefrauen. Logisch, daß er einen Haufen Neider hatte."

„Hat er dir nie von einem gewissen Abou Kalybse erzählt?"

„Brauchte er nicht. Abou Kalybse ist der Emir, der gerade ‚in' ist. Seine Plakate sind überall angeschlagen. Man sagt, daß er nur auf die Intellektuellen losgeht."

„Hat Mourad ihn gekannt?"

„Hör mal, kho, habt ihr etwa vor, hier zu übernachten? Ich hab noch andere Dinge zu tun. Mourad hat mir nicht alles gesagt. Er ist in erster Linie gekommen, um Eindruck zu schinden. Es machte ihm keinen Spaß, es sich gutgehen zu lassen, wenn ich nicht dabei war. Ich für meinen Teil gehe kein Risiko ein. Ehrlich währt am längsten."

„Abou Kalybse... Beantworte einfach nur meine Frage."

Omar zuckt mit den Achseln, leckt sich ausführlich die Lippen und klappert mit seinen Ringen auf dem Ladentisch.

Dann besinnt er sich: „Mourad kannte ihn, soviel ist sicher. Er sagte oft: ‚Bei Abou Kalybse ist jedes Gramm Hirn Gold wert...' Weiter hat er mich nicht ins Vertrauen gezogen... Ist das jetzt genug, kho? Ich habe sowieso schon alles ausgepackt."

Ich danke ihm und bitte Serdj vorzugehen. Ehe der Inspektor seine Hand auf den Türgriff legt, drehe ich mich nochmal um zum Cousin aus der Bronx.

„Ein einziger Nachtrag, und dann laß es gut sein. Was wird eigentlich im *Limbes Rouges* gespielt?"

Seine Wangenknochen beben.

„Die schönste Frau auf Erden kann auch nur geben, was sie

hat. Es gibt Tabus. Die sind unantastbar. Ich habe ein Kind, und ich hänge an ihm."

„Hast du etwa Schiß?"

„Oh ja. Ich mach mir fast in die Hose, wenn du es genau wissen willst. Der letzte Idiot, den man in dieser Bar antrifft, kann mehr Gewicht in die Waagschale werfen, als ein Kran je aufheben könnte."

„Ist doch seltsam. Der Emir der Kasbah hat dort als Tellerwäscher geschuftet und Didi als Rausschmeißer. Dann Mourad, Brahim Boudar ... Was ist das für ein Laden? Etwa eine Terroristenschmiede?"

Omar schluckt. Er sieht nicht so aus, als fühle er sich wohl.

Er knurrt: „Ich muß schließen. Ich war kooperativ und nett, kho. Jetzt schießt in den Wind."

## 14

Ein seltsamer Traum hat mich die ganze Nacht hindurch verfolgt. Ich bin über eine staubige Piste gerumpelt. Mir war kalt, und der Mond zerlief wie Camembert auf meiner Windschutzscheibe. Die Bäume, die düster und zerlumpt dastanden, wandten sich ab, wenn ich vorbeikam. Ich hatte keine Ahnung, wohin ich fuhr. Zwei glanzlose Augen beobachteten mich aus dem Rückspiegel heraus.

An einer Brücke stoße ich auf eine Unzahl von Fundamentalisten mit knielangen Bärten. Bewaffnet bis zu den Zähnen. Alles weist mir den Weg in einen Wald, wo sich zwischen den Baumstämmen dickbäuchige Menschenfresser drängen.

Mit einem Mal taucht im Licht meiner Scheinwerfer ein Goliath auf, mit einer Axt, noch größer als mein Entsetzen. Im selben Moment schnellen die Augen aus dem Rückspiegel heraus und kommen mit unheimlichem Brummen auf mich zu, als wollten sie die meinen verschlingen.

Da habe ich laut aufgeschrien ... Mina ist bis an die Decke gesprungen.

„War nur ein Alptraum“, habe ich sie zu beruhigen versucht.

Sie ist gleich wieder eingeschlafen. Und ich habe mit brennendem Herzen Minute um Minute heruntergebetet, bis zum Ruf des Muezzins.

An diesem Morgen hat mich Lino nicht abgeholt. Eine Stunde habe ich am Fenster auf ihn gewartet, wie versteinert, in der Kehle eine Vorahnung, daß es einem den Magen umdreht.

Ein Nachbar ist so freundlich, mich beim Kommissariat abzusetzen. Bliss wartet schon am Eingang auf mich, er ist quittegelb im Gesicht. Ich begreife sofort, daß ein Unglück geschehen ist.

„Serdj ist als vermißt gemeldet“, schmettert er mich nieder.

Meine Abteilung wirkt wie ein Sterbezimmer. Baya schnieft mit aufgedunsenen Lidern in ein Taschentuch. Der Amtsdiener blickt drein wie ein Totengräber. Die Polizisten in Uniform lauschen betrübt den Zivilbeamten.

Bei meinem Eintreten verstummen alle. Lino sitzt aufgelöst hinter seiner Schreibmaschine, das Kinn in den Händen vergraben, den Blick ins Leere gerichtet.

„Was ist mit ihm passiert?“

Bliss antwortet: „Der Kommandant der 13. Brigade hat uns gemeldet, daß Serdjs Auto ausgebrannt in der Nähe von Douar Nemmiche gefunden wurde. Der Inspektor dürfte bei einer fingierten Straßensperre entführt worden sein.“

„Was hatte er in Douar Nemmiche zu suchen? Alle Welt weiß, daß das der reinste Höllenschlund ist, wo es vor Fundamentalistengeschmeiß nur so wimmelt.“

„Er hat einen Anruf von seinem Bruder bekommen. Sein Vater ist am Vorabend verstorben."

Meine Hände greifen ins Leere. Meine Knie geben nach. Ich sinke auf einen Stuhl, alles um mich verschwimmt.

Aus weiter Ferne höre ich, wie Bliss hinzufügt: „Die Brigade ist vor Ort. Sie durchkämmen das gesamte Gebiet."

Eine Stunde geht dahin, eine zweite, eine dritte...

Der Direktor ist hilflos. Er pendelt pausenlos zwischen drittem Stock und Parterre hin und her, um sich über die Lage zu informieren.

„Serdj würde sich nicht unterkriegen lassen", flüstert ein Polizist auf dem Gang.

„Sicher hat er sich gewehrt", psalmodiert der Amtsdiener. „Serdj ist ein richtiger Mann. Der läßt sich nicht einfach so entführen... Hat sich verteidigt... Wenn er tot ist, dann haben sie ihn jedenfalls erschossen. Serdj ist doch kein Lamm."

Welch eine Zeit! Wenn ein Kollege erschossen wird, meint man, das sei noch das Beste, was ihm passieren konnte – angesichts der grausam zerstückelten Leichen, die die unglückliche Erde Algeriens überziehen.

Gegen Mittag schrillt das Telefon und versetzt uns in kollektiven Starrkrampf.

Bliss reicht mir den Apparat: „Die Brigade."

Der Hörer brennt in meinen Händen.

„Kommissar Llob?"

„Ja."

„Kommandant Hamid von der 13. Brigade. Es tut mir so leid." Ich sinke auf meinen Stuhl zurück. „Wir haben ihn in einem Marabout* gefunden."

Ich möchte den Hörer zerschlagen, den Schreibtisch, die ganze Welt.

---

* *Für den Maghreb typische Kuppelgräber islamischer Heiliger*

„Sind Sie noch da, Kommissar?"
„Leider!"
„Es tut mir aufrichtig leid."
„Hat er sehr gelitten?"
„Jetzt leidet er nicht mehr. Das bringt ihn zwar auch nicht zurück, aber meine Leute haben drei der neun Entführer erschossen. Den Rest der Gruppe verfolgen wir weiter."
„Danke, Kommandant."
Als ich den Hörer auflege, hält Baya sich den Kopf mit beiden Händen und stößt einen unerträglichen Schrei aus.

* * *

Am späten Nachmittag wird Serdj überführt. Im Leichenschauhaus rät der Direktor mir dringend, den Chirurgen nicht bei der Arbeit zu stören.
„Ich ziehe es vor, daß du von ihm das Bild des guten Mitarbeiters in Erinnerung behältst, Llob. Er ist so entstellt. Sie nähen ihm gerade den Kopf wieder an."

* * *

Am nächsten Tag versammelt sich die gesamte Mannschaft in Bab-el-Oued zum Begräbnis. Auf der Straße wimmelt es von Nachbarn, Jugendlichen aus dem Viertel, Greisen und Schaulustigen. Leutnant Chater hat zwei Sicherheitssperren errichtet und auf den Dächern der Umgebung Scharfschützen postiert. Die Terroristen haben uns an die unvorstellbarsten Scheußlichkeiten gewöhnt. Manchmal bringen sie eine Mutter um, nur um am Tag der Aufbahrung den Sohn in die Falle zu bekommen, oder sie ermorden einen Polizisten, nur um seine Kollegen niederzumähen, die sich an seinem Grab versammeln.

Der Direktor, die Lokalpolitiker und Offiziere der 13. Brigade haben es sich nicht nehmen lassen, der Familie des Verstorbenen persönlich ihr Beileid auszusprechen.

Ich komme als letzter an, weil Lino verschwunden ist.

Auf der Straße spielt ein Junge mit einem Fahrradreifen, völlig unbeeindruckt von der ganzen Menschenmenge. Er ist fünf oder sechs Jahre alt. Serdjs Jüngster, erklärt mir ein Onkel. Er begreift nicht, daß alle diese Leute wegen ihm da sind.

Man führt mich in eine Hütte. Ich kann jetzt verstehen, warum Serdj mich nie nach Hause eingeladen hat. Er wollte mich nicht in Verlegenheit bringen. Seine Bude ist dermaßen elend, daß ihre Bewohner noch durchscheinender als Geister wirken.

Man vertraut den Freund einem heruntergekommenen Friedhof an. Gestern den Vater begraben, heute den Sohn. So ist das Gesetz des Lebens.

Irgend jemand flüstert mir zu: „Gott ist groß."

„Die Hölle auch", gebe ich zurück.

Der Imam hat mit der Lesung der Fatiha* begonnen. Ich richte die Augen gen Himmel. Als sie beginnen, Erde auf den Körper meines Kollegen zu werfen, bleibt eine Wolke vor der Sonne stehen. Ein Stück Nacht, das sich auf die Laufbahn eines Polizisten senkt.

* * *

Den ganzen Tag lang habe ich Lino gesucht, bei Da Achour, in den Kneipen, in der Nähe der Bordelle... Dann habe ich mich an das Hinterzimmer bei Sid-Ali erinnert, unserem frü-

---

** (arab.) „die (Er)Öffnende". Name der ersten Koransure, die bei den täglichen Gebeten und bei besonderen Anlässen rezitiert wird, also im religiösen Leben der Muslime eine dem Vaterunser ähnliche Rolle spielt.*

heren Ausbilder, der jetzt in Pension ist. Die Jungs aus demselben Jahrgang treffen sich am Wochenende bei ihm, um ein paar Liter zu kippen und die letzten Neuigkeiten auszutauschen.

Sid-Ali deutet mit dem Daumen über die Schulter.

„Er hat die Sache sehr schlecht aufgenommen“, vertraut er mir an.

„Da ist er nicht der einzige.“

Lino sitzt zusammengesunken am Tisch, das Gesicht in der Armbeuge vergraben. Die Anzahl der geleerten Bierdosen gibt eine Vorstellung vom Ausmaß seiner Verletzung.

Ich hüstle in meine Faust. Lino reagiert kaum. Er zerwühlt weiter seinen Haarschopf, lächelt mich wie durch einen Spiegel an. Es ist nicht wirklich ein Lächeln, eher die Grimasse von einem, der neben seinen Schuhen steht.

Er schüttelt seine Uhr, hält sie ans Ohr.

„Hassu schon deine Ticktack gefüttert?“ stammelt er.

„Ich habe eine Quarzuhr.“

„Meine is stehngeblieben.“

„Das Leben geht weiter.“

Lino ist stockbesoffen. Er fällt fast aus seinem schlampigen Gewand. Seine Bewegungen sind unkoordiniert, die Zunge bleibt zwischen seinen Kiefern hängen wie eine verrostete Klinke.

„Das nennssu ’n Leben, Kommy? Im bessen Fall ’n Gnadenfriss. Wieso kommssu und verpanschss mir ’n Wein?“

„Weil es nichts bringt, sich zu besaufen.“

Er stößt mit einem Ruck den Tisch um, taumelt. Ich versuche, ihn zu stützen. Er schiebt empört meine Hand weg.

„Bin immer no fähig, aufrech ssu stehn, ho! Ich steh immer no so fess auf mein Füßn, daß ihr mi stehend begraben müss!“

„Mach dich nicht zum Idioten. Wir gehen jetzt nach Haus.“

„Hab kein Ssuhause mehr.“

„Das hier ist nicht der richtige Ort für dich, Lino."

„Jammerlappen!"

Er stößt mich weg, torkelt auf die Straße, hält die Hände trichterförmig vor den Mund und brüllt: „Ich bin ein Bulle, he! Ich habe keine Angst. Ich bin ein Bulle, kommt alle her und knallt mich ab!"

Ich versuche, ihn zu beruhigen.

Er stößt mich zurück.

„Pfoten weg, du! Rühr mich nicht an, ja! Merkssu eigentlich auch mal, dassu überflüssig biss? Heute abend erdrückssu mich. Laß mich in Frieden, in Ordnung? Und hör auf, mich so anzuschaun, als müß ich mir was vorwerfen. Du muß dir was vorwerfen. Du glaubs, du bis auf der richtigen Seite. Es gib kein richtige Seite. Man is einfach nur am richtigen oder am falschen Platz. Ich bin kein Held. Ich bin nicht mal besonders tapfer. Ich glaube auch nicht an die Friedhofskultur. Ich will einfach nur meine Haut retten."

„Erzähl mir das später."

Er weicht schwankend zurück.

„Du bist wachsbleich", sagt er und schneuzt sich in den Ärmel. „Du has kein Tropfen Blut. Geht dir das Viertel so auf den Geist? Und ich dachte immer, du hättes Mumm in den Knochen. Bin total enttäuscht von dir."

Ein feiner Sprühregen geht über die Stadt nieder, aber ich bekomme nur die Spritzer aus dem Mund meines Leutnants ab.

Ein junger Bärtiger im Qamis* kommt aus einer Parfümerie. Lino wartet, bis er auf seiner Höhe ist, um ihn niederzuboxen.

„Verfluchter dreckiger Terrorist! Aasmade! Scheißmullah!"

Ich umklammere den Leutnant. Er macht sich los, fällt

---

* *(arab.) Hemd. Das bis zu den Füßen verlängerte Oberhemd, wie es vor allem die Männer in den arabischen Emiraten tragen, gehört in Algerien neben dem Vollbart zu den typischen Attributen der Islamisten.*

über den verblüfften Bruder her. Es folgen ein Austausch von Schimpfwörtern, Fußtritte ins Leere, Ausspucken. Der Bruder schiebt seine Chechia und die Ärmel seines Qamis zurück. Ich greife ihn mir mit einer Hand und dränge ihn gegen die Mauer.

„Hau bloß ab!"

„Ist der verrückt oder was?"

„Hau ab, ehe ich dir das Schamhaar da im Gesicht zusammenzwirble!"

Ich stoße den Leutnant in meinen Wagen und gebe Gas.

Während der Fahrt kauert sich Lino auf der Rückbank zusammen, das Kinn zwischen den Knien, die Hände über dem Kopf, und weint wie zehn kleine Kinder.

## 15

Nie hätte ich Lino soviel Kummer zugetraut.

Drei Tage und drei Nächte lang sagt er kein einziges freundliches Wort. Er meidet die Kantine, boykottiert die Einsatzbesprechung und verbringt mehr Zeit damit, hinter der Schreibmaschine über seinem Schmerz zu brüten, als sich für den Rest der Welt zu interessieren. Mehrfach habe ich ihn dabei überrascht, wie er auf der Toilette Selbstgespräche führte, Nase an Nase mit dem Spiegel.

Ich habe ihm vorgeschlagen, Urlaub zu nehmen. Wütend hat er mich angefaucht: „Ich brauche keine Erholung. Dafür ist die Ewigkeit da."

Er fing an, mit dem Personal Streit zu suchen, und fand unweigerlich immer einen Vorwand, um zu schimpfen. Er war nicht wiederzuerkennen.

„Ich weiß, wie du dich fühlst", sage ich zu ihm. „Ich fühle

mich genauso. Serdj gehörte zu unserer Familie. Das Schicksal wollte, daß er als erster ging."

„Das nennst du Schicksal?"

„Nenn es, wie du willst. Es ist nun einmal Tatsache: Serdj ist tot. Er hat es nicht verdient, so zu enden. Er war ein guter Kerl. Manchmal finde ich das so ungerecht, daß ich fast schon den Glauben verliere. Auch ich komme auf dumme Gedanken. Ich habe Lust, meine Pistole zu ziehen und den ersten Bärtigen, der mir über den Weg läuft, niederzuschießen. Ich tue es nur deshalb nicht, weil man das eben nicht tut. Ich bin kein Mörder. Ich weigere mich, ihr Spiel mitzuspielen. Wir müssen wir selbst bleiben, einfache Leute, aber Leute mit Herz."

Eine volle Minute lang findet Lino keine Worte. Er verkrampft die Hände ineinander. Er drückt mir einen Finger gegen die Brust, als wolle er ihn mir ins Herz bohren.

„Nicht mit mir", sagt er. „Ich weiß, was gut ist und was nicht. Deine Sprüche kannst du für dich behalten. Das ganze Drama kommt nur daher, daß manche die falschen Werte haben. Von jetzt an handle ich nur noch nach meinem Kopf."

Er geht und schlägt die Tür hinter sich zu.

Ich kann nicht viel für ihn tun. Jedesmal, wenn ich mich ihm nähere, droht er, mir die Fresse einzuschlagen.

Eines Morgens beschließt er mitten in einer Sitzung, zum Grab von Serdj zu fahren. Er sollte nie dort ankommen. Auf dem Weg überfährt er ein Stoppschild und verprügelt einen Polizisten.

Nach vier Tagen habe ich ihn herausgeholt.

Wir sind dann zu Da Achour hinausgefahren, um Merguez zu grillen. Lino hat sich abgesondert. Von frühmorgens bis zum Einfall der Nacht ist er am Strand geblieben und hat Kieselsteine in die Wellen geschleudert.

Danach ging es besser. Das Meer hat ihn ein wenig beruhigt.

* * *

Slimane Abbou hat wieder etwas Farbe im Gesicht. Sein Brustkorb ist bandagiert, seine Hand hängt an einer Art Wasserspülung, und er schneidet eine Grimasse nach der anderen, während er sich gegen sein Kissen lehnt.

Der Arzt hat uns geraten, nicht zu übertreiben, um keine Verschlimmerung seines Zustands zu riskieren. Ich schwöre ihm, die Nerven zu bewahren, und warte, bis er aus dem Zimmer ist, um einen Stuhl an das wacklige Bett zu rücken, auf dem unser Dealer seiner Genesung harrt.

„Nun, was macht die Lunge?"

„Sie haben sie zurechtgeflickt, aber manchmal werde ich noch künstlich beatmet."

Lino interessiert sich mehr für die Weißkittel im Hof. Er brummelt, ohne sich umzusehen: „Du hättest ihm was zum Naschen mitbringen sollen, Kommy."

Slimane fährt auf. „Hat er was gegen mich, dein Wachtmeister?"

„Kümmere dich nicht um den. Erzähl uns lieber deine Geschichte von Anfang an."

„Dafür reicht meine Spucke nicht aus. Und außerdem, mit meinen Beatmungsschläuchen ..."

„Wir haben uns kurz in deiner Behausung umgesehen."

„He, langsam! Das war nicht meine Hütte, das war die von Moh Lakja."

„Das Hinkebein, das du umgepustet hast?"

„Das war ein Unfall. Ich wollte ihm aufhelfen, da hat sich der Schuß gelöst."

„Hast recht. War ein Unfall. Wir waren ja dabei, du kannst auf unsere Aussage zählen."

Er kichert. So zynisch, daß es einem das Zahnfleisch aufreißt.

„Ich wußte ja, daß du ein prima Typ bist. Sonst hätte ich dich nicht verfehlt."

„Was hattest du bei Moh Lakja zu suchen?"

„Ich habe ihm seine Ration gebracht."

„Der ist so sauber wie sein Schnee", meint Lino ironisch, die Nase noch immer an die Scheibe gepreßt.

Slimane wird wütend. Er stützt sich mit dem Ellenbogen ab und jault: „Jawohl! Ich bin sauber, und du kannst mich mal! Ich hab nicht wie du das Glück gehabt, Polizeioffizier zu werden oder Beamter."

„Vorsicht", besänftige ich ihn, „sonst springt dir noch der Stöpsel aus dem Schlauch."

Es ist, als hätten meine Worte ihn aufgestachelt. Er richtet sich ein wenig höher auf und wettert in Richtung Lino los:

„Dreh dich um, du Arschloch! Schau mir in die Augen, wenn du ein Mann bist! Du verachtest mich, weil ich keine Bildung habe, ja? Was meinst du, wie stellt man es an, was zwischen die Zähne zu bekommen, wenn man keinen Schulabschluß und keine Arbeit hat? Weißt du, was es heißt, seine Mutter zur Essenszeit weinen zu sehen, weil sie nichts hat, was sie den Kleinen auf den Teller legen kann? Weißt du, was es heißt, sich die ganze Nacht in der Rumpelkammer verstecken zu müssen, weil der Vater schon wieder besoffen nach Hause kommt? Weißt du, was es heißt, nichts als schlechte Noten heimzubringen, weil zu Hause so ein Chaos herrscht, daß es schäbig wäre, sich hinter seinen Büchern zu verstecken ...?"

„Wir sind hier nicht bei Gericht", bremse ich ihn.

Slimane verstummt, völlig außer Atem. Plötzlich bricht er in Lachen aus. Es ist das Lachen eines Tobsüchtigen, bei dem einem das Blut in den Adern gerinnt.

„Jedenfalls", kichert er, „hat's beim Richter immer funktioniert."

Langsam kommt mir die Galle hoch. Ich zwinge mich, einen

kühlen Kopf zu bewahren. Slimane ist störrisch wie ein Maultier! Es bringt nichts, ihn daran zu erinnern.

„Du steckst bis zum Hals in der Scheiße“, informiere ich ihn. „Deine Waffe wurde identifiziert. Sie gehörte einem Magistratsbeamten, der in Tamalous ermordet wurde. Wir wissen auch, daß du von einer Reihe von Boutiquebesitzern Schutzgeld erpreßt und zwei Schwestern entführt hast. Du verkaufst Stoff zugunsten der bewaffneten Gruppen. Wir haben Beweise. Wir wissen, daß Didi dein Kumpel und Abou Kalybse dein Guru ist.“

Er hört zu, die Augenbrauen affektiert zusammengezogen, und blinzelt, wie wenn man jemandem spaßeshalber schöne Augen macht, nur um mir zu zeigen, daß ihn meine Fakten kaltlassen und er sich über meine Bestandsaufnahme königlich amüsiert.

„Wieviel wird mir das denn einbringen, Bulle?“

„An dir sind wir gar nicht interessiert.“

„Das ist aber nett! Du hast mir da vorhin ganz schön Angst eingejagt, also wirklich.“

„Der Albino, ist das ein Kunde von dir?“

„Ist das ein Codename?“

„Das ist der Kerl, der den Mercedes gefahren hat. Wir haben gesehen, wie er dich bei der Freundin von Didi abgesetzt hat.“

„Du meinst den Verrückten ohne Pigmente? Die nennt man Albino? Das wußte ich nicht. Meiner Meinung nach ist der Typ von der Geheimpolizei. Er kannte mich besser als meine eigene Mutter. Er hat mich gezwungen, ihn zu Yasmina zu führen. Yasmina wußte aber nicht viel. Da ist er sauer geworden, der Albi...dings, und hat ziemlich fest zugeschlagen. Er wollte sich zu Abou Kalybse durchfragen.“

„Und dich hat er verschont.“

„Das ist nicht dasselbe. Wir haben einen Deal gemacht. Der Albidings hat mir Kohle versprochen, wenn ich ihm eine Spur beschaffen könnte. Ich war bei Lakja, um zu verhandeln. Lakja war auch nicht viel weiter gekommen. Von Abou Kalybse kannten wir nur das Knirschen des Faxgerätes ... Ich wollte mich ein für allemal zur Ruhe setzen, das schwöre ich. Mit meiner Provision wollte ich einen kleinen Laden aufmachen, Kinder in die Welt setzen und ein Kapitel meines Lebens beenden. Zweihundert Scheinchen hat er mir versprochen, der Albidings. Und ihr habt mir nun die Tour vermasselt."

„Tschuldigung", äfft ihn Lino nach, „haben wir nicht gewußt."

Slimane betrachtet seine Fingernägel und überlegt.

„Stimmt es, daß ihr die Terroristen hinrichtet?"

„Na, was glaubst du?"

„Ich möchte Reue zeigen. Ist das möglich?"

„Sonst noch was?" schnarrt Lino.

„Beim Leben meiner Mutter, ich habe Abou Kalybse nie getroffen. Er kontaktiert mich immer per Fax. Hinterher nehme ich von Didi meine Gage in Empfang."

„Wo ist Didi jetzt?"

„Nicht die leiseste Ahnung."

„Im Untergrund?"

„Didi im Untergrund? Der kann doch ohne seine Badewanne und sein weiches Bett nicht leben."

„Was ist er eigentlich genau? Euer Schatzmeister?"

„Eine Art Briefkasten."

„Und wer ist der Briefträger?"

An dieser Stelle wird Slimane vollständig wach. Seine Augen schleudern Blitze aus dem Jenseits.

„Hat deine Frage einen Preis, Bulle?"

„Können wir verhandeln?"

Er entspannt sich, verschränkt die Hände im Nacken, kreuzt die Beine unter dem Laken, fixiert träumerisch die Decke. Ich habe nicht wenig Lust, ihm die Eingeweide herauszureißen.

„Ich verlange die Freilassung“, kläfft er nach einer Weile.

„Sonst nichts?“

„He!“

Er bricht wieder in sein hämisches Lachen aus. Selbst eine Hyäne wäre unfähig, ihn nachzuahmen.

„Die Freilassung oder gar nichts.“

Lino reißt sich brüsk vom Fenster los, ist mit einem Satz über ihm und trommelt wie wild auf seine Wunde ein. Die Schreie und Flüche hallen durch den ganzen Block. Im Nu sind der Arzt und eine Traube Schwestern im Raum und versuchen, den Leutnant mit Händen und Füßen von seinem grausamen Treiben abzubringen.

Slimane fleht zu Tode erschrocken: „Bringt diesen Irren weg und ich werde alles sagen.“

## 16

In Algier gibt es Tage, an denen Himmel und Meer sich zusammentun, um ein Gefühl unglaublicher Fülle zu erzeugen. Alles ist blau bis in Neptuns Bett hinein, und die Sonne, dieser Schalk, bringt es fertig, im tiefsten Winter den Sommer wachzuküssen. Von allen Sonnen der Welt ist unsere die einzige, der dieses Kunststück gelingt.

Alles wirkt unglaublich heiter. Man hört die Vögel zwitschern und die Blätter rauschen. Die Luft ist eine Hochzeitsgesellschaft aus lauen Winden und süßen Düften. Man möchte am liebsten einschlummern und niemals wieder aufwachen.

Es gibt keinen Zweifel: Das Paradies ist Gottes Schöpfung, die Hölle dagegen von Menschenhand.

Sie ist schön, unsere weiße Stadt, wenn die Luft so klar ist, daß man im Umkreis mehrerer Meilen eine Eiche von einem

Johannisbrotbaum unterscheiden kann. Gäbe es da nicht diese greulichen Attentate und die Scharen der Erleuchteten, die wie Motten die Straßen und die Gehirne zerfressen, man würde Algier nicht gegen tausend Märchenstädte eintauschen.

Ich sitze entspannt auf dem Balkon und betrachte die Kasbah, die sich an ihrem Riff festklammert, um der Plünderung durch die abziehenden Wogen zu entkommen, Bab-el-Oued, das an eine Kaserne am Ausgangstag erinnert, und weiter unten den Hafen, der dem Ladentisch eines Schankwirts gleicht, auf dem das Geld zusammenkommt, um sich munter zu vermehren.

Wenn auch nicht alles Gold ist, was bei uns glänzt, faszinierend ist es trotzdem...

Wäre da nicht noch Omar Malkom, genannt Iks, der aus der Nase blutet und dessen Geplärr meine Träumereien zerschlägt. Er krümmt sich mit blauem Auge und wackligen Zähnen am Boden, während Lino ihn hingebungsvoll bearbeitet.

„Also wie war das, kho? Ehrlich währt am längsten? Das hat er doch gesagt, nicht wahr, Kommy?"

„Wenn ich lüge, soll ich in die Hölle kommen", bestätige ich vom Balkon her.

Lino hebt den Fuß und zerquetscht mit seinem Schuh die Finger des Punks.

„Ich mach einen Scheuerlappen aus deinem Luxusgewand!"

„Ihr seid auf der falschen Spur, kho. Slimane ist neidisch auf meinen Erfolg. Hat er euch seine Märchen erzählt? Ich bin bloß Geschäftsmann. Ich verdiene mein Geld anständig."

„Wie hat er doch gleich gesagt, Kommy?"

„Ehrlich währt am längsten!"

„Offenbar liegt ihm doch nicht so viel an seinem verdammten Leben."

„Er denkt vielleicht, daß du ihm einen Bären aufbindest und ihn aus Mangel an Beweisen schon noch laufenläßt."

„Wenn er sich da nur nicht irrt."

Lino tritt erneut mit voller Wucht zu. Omar windet sich vor Schmerz und preßt seine Fäuste auf die getroffene Niere.

„Ihr foltert mich ja. Dazu habt ihr kein Recht. Das Gesetz verbietet es."

„Wir werden uns später schämen. Mit der Fatwa, die deine Gurus gegen die Ausländer erlassen haben, hast du keine Chance, daß Amnesty dir zu Hilfe kommt."

Ich gehe ins Zimmer, packe den Punk bei seinem Haarbüschel und blase ihm meinen Atem ins Gesicht.

„Ich habe alle Zeit der Welt. Ich werde dir schon noch die Zunge lösen, und wenn ich sie dir herausreißen muß. Es bringt dir gar nichts, die Spuren zu verwischen. Ich bleib dir am Arsch und laß nicht von dir ab. Je schneller du auspackst, desto schneller bist du erlöst."

„Ich bin Geschäftsmann."

„Ich will Abou Kalybse zu fassen kriegen. Das ist eine persönliche Sache, kapiert?"

„Ich bin nur Geschäftsmann."

„Geh zur Seite, Kommy."

Ein Blutspritzer trifft mein Knie, als der Schuh des Leutnants auf das zerschlagene Gesicht des Punks niedergeht.

„Ich bin Geschäftsmann", wiederholt er trotzig. „Ich will ja nichts Unmögliches. Was ich habe, reicht mir. Ich bin kein Nimmersatt ... Ihr täuscht euch, Leute. Ich bin bloß Geschäftsmann."

Wir heben ihn auf und binden ihn an einem Stuhl fest.

„Es bringt dir nichts, die Spuren zu verwischen, sag ich dir. Du bist der Schatzmeister und vereidigte Anwerber von Abou Kalybse."

„Das ist nicht wahr."

„Und ob das wahr ist."

„Das ist nicht wahr, ist nicht wahr, ist nicht wahr..."

Stundenlang wiederholt er denselben Refrain. Linos Fäuste sind an den Gelenken schon ganz wund. Sein Hemd ist zerfusselt und dampft vor Hitze. Erschöpft sinke ich in einen Sessel, um mich zu erholen.

„Und wenn wir Artikel 220 des Schnellverfahrensrechts ausprobierten?" schlägt Lino keuchend vor.

Obwohl er völlig groggy ist, schafft Omar es noch, die Stirn zu runzeln.

„He, was ist das für ein Ding, kho? Ich bin kein Versuchskaninchen."

Lino reißt den Fernsehstecker heraus und beginnt umständlich, den Draht herauszuschälen.

„Hast du schon mal versucht, dein Arschloch mit der Beißzange zu enthaaren...? Nein? Wie soll ich dir dann Artikel 220 des SVR erklären?"

Omar Malkom kann nicht mehr. Er ringt nach Luft. Mit einer schlappen Handbewegung winkt er dem Leutnant, den Kram wieder zusammenzupacken.

„Schon gut, kho, ich gebe auf. Gott ist mein Zeuge: ich habe bis zum Ende meiner Kräfte durchgehalten."

„Der Teufel ist sicher mächtig stolz auf dich."

Omar ist kurz davor, in Ohnmacht zu fallen. Widerstandslos beginnt er auszupacken.

„Slimane behauptet, du hättest Sabrine Malek umgebracht."

„Falsch. Es stimmt, daß ich sie eingesperrt habe, aber ich habe sie nicht getötet."

„Und warum wurde sie entführt?"

„Das ist die Schuld von Mourad Atti. Er hätte sich nicht in dieses Biest vergaffen sollen. Sie gehörte nicht zum Harem. Im Club sind die Anweisungen klar. Keine von draußen... Mourad hatte sich vom naiven Gehabe dieser Nutte einwickeln lassen. Und dann hat es sich herausgestellt, daß sie keine normale Nutte war. Sie war ein Lockvogel. Irgendwer hatte sie eingeschmuggelt, um bis zum Guru vorzudringen. Abou Kalybse hatte die Lage gecheckt. Er ließ die Kleine entführen. Sie blieb eine Woche in einer Baracke eingesperrt. Dann wurde sie abgeholt. Ich habe sie nie wieder gesehen."

„Mourad wurde wegen dieser Unvorsichtigkeit eliminiert."

„Er fing an, zu oft zu stolpern. Das war nicht ratsam in einer Familie von Seiltänzern, wie der Club es ist. Von Anfang an hatte ich das Gefühl, daß wir uns auf des Messers Schneide bewegten. Aber es gibt dabei keinen Rückwärtsgang."

„Wußtest du, wer Sabrine war?"

„Die Tochter eines ehemaligen Manitus. Sie selbst hat es mir gesagt. Ich konnte nichts für sie tun. Im Schützengraben hält man seinen Helm und seine Feldflasche fest. Den Rest vertraut man der Fürsorge Gottes an."

„Wer waren die zwei Typen, die sich für Beamte des BdS ausgegeben haben?"

„Keine Ahnung. Abou Kalybse hat seine Spitzel überall."

„Was genau sind die Leitlinien eures Clubs?"

„Was meinst du ...?"

„Wer seid ihr? Fundamentalisten? Eine Art Mafia? Was habt ihr für eine Ausrichtung? Politisch, mystisch, religiös ... ?"

Er fährt sich mit dem Arm über seine blutigen Lippen, befühlt seine Zähne. Seine Brust hebt und senkt sich schwer.

„Keine Ahnung. Ich brauchte Geld. Vom ersten, der mir welches geboten hat, habe ich mich anheuern lassen. Unser Club kümmert sich um Intellektuelle. Andere um Industrielle. Wieder andere um Magistratsbeamte. Der Krieg ist ein gefundenes Fressen für alle, die noch eine Rechnung offen haben oder mal gründlich aufräumen wollen. Persönlich habe ich nichts gegen die Gebildeten. Ich weiß nicht einmal, wofür sie stehen ... Ich halte mich an das Geld, kho. Man schickt mir ein Fax: die und die Summe für den und den. Ich lasse ihn eine Quittung unterschreiben und schicke sie per Fax zurück, dann gehe ich nach Hause. Nicht, daß es mir gleichgültig wäre, ich habe mir nur keine besonderen Vorwürfe zu machen. Ich bin ein Schalterbeamter, ein einfacher Geldautomat ... Ich habe einen tierischen Horror vor Feuerwaffen."

„Wo versteckt sich unser Mann?"

Er drückt vorsichtig seine Faust an die aufgeplatzte Lippe und gurgelt: „Pavillon 17, Cité Deheb, an der Küstenstraße."

Nach beendeter Teufelsaustreibung beginnt er nervös zu schluchzen.

Ich greife zum Telefon und rufe im Büro an.

Bliss ist dran.

„Was treibst du denn in meinem Büro?"

„Ich kam gerade vorbei und hörte das Telefon läuten. Weil niemand abgehoben hat, da..."

„Ich habe dir schon hundertmal gesagt, daß du nicht um meinen Schreibtisch herumschleichen sollst, wenn ich nicht da bin ... Also paß auf, einen Gitterwagen in die Avenue des Frères Adou, Nummer 162. Ein ganz gefährlicher Hund. Verhaften und zu keinem ein Wort davon!"

„Nicht mal zum Herrn Direktor?" fragt er kriecherisch.

„Einen Gitterwagen, und zwar ein bißchen plötzlich!"

* * *

Die Cité Deheb, die „Stadt des Goldes", hat kein reines Gewissen. Sie versteckt sich hinter den Hügeln in einer Bergnische und tut so, als gäbe es sie nicht.

Etwa dreißig Villen liegen in der stillen Bucht, die von einer breiten, schnurgeraden Straße zerteilt wird, beiderseits junge Palmen und schmiedeeiserne Laternen. Die Grundstücke gehören zu denen, die hinter vorgehaltener Hand den Besitzer wechseln. Die Verwaltungsmafia breitet das Mäntelchen der Verschwiegenheit darüber, damit nur keine lästige Neugier aufkommt. Traumhafte Oasen, die für einen symbolischen Dinar vergeben wurden und im Schatten gehütet werden wie ein Staatsgeheimnis...

Um sie zu finden, muß man in den Kreis der Versteckspieler eingeführt sein. Von der Landstraße aus sieht man nicht einmal die Abzweigung, die sich heimlich in die Büsche schlägt, nach einigen hundert Metern dann mit einer Asphaltdecke protzt und zuletzt über den feinen Sandstrand bis zur Insel der Seligen vordringt.

Wenn ich an die Schlafstädte denke, die unsere Landschaft verschandeln, an die öden Bunker, die schon beim Einzug baufällig sind und nichts als Aggressionen wecken, an die Slums, die sich bis in unsere Gedanken ausbreiten, oder die Kellerfenster, die über schwefligen Abgasen gähnen, dann gebe ich mich keinen Illusionen bezüglich unserer Zukunft mehr hin. Man baut eine Zivilisation nicht auf Kartenhäusern auf. Und mit schäbiger Vetternwirtschaft und Komplizentum steigt man auch nicht in den Rang einer Nation empor.

Lino hat seine Begeisterungsausbrüche ein für alle Mal abgestellt. Er weiß jetzt, was hinter dem Reichtum der anderen steckt. Lino ist hart geworden. Verbittert, aber hart im Nehmen. Es hat eine Weile gebraucht, ihm die Augen zu öffnen, aber jetzt hat er den Durchblick.

Er verachtet die Arroganz der Paläste und interessiert sich ausschließlich für deren Hausnummern. Die Nummer 17 läßt es sich am Ende der Straße gutgehen, die Nase zum Garten gereckt, das Hinterteil in Sand gebettet. Ein architektonisches Schmuckstück mit blauem Stein auf der Fassade, Arkaden auf der Veranda und einer Schwingtür, die niedlicher ist als jede Nippesfigur.

Sid Lankabout läßt uns fünf Minuten schmoren, bevor er uns öffnet.

„Llob?“ Er zieht die Brauen hoch.

„Überrascht?“

„Absolut. Welcher Wind hat euch hierher geweht?“

„Der Wind, der sich dreht, Monsieur Lankabout.“

Er streicht die Vorderseite seines Hausmantels glatt, betrachtet Lino.

„Ich kann euch nicht hereinbitten. Ich schreibe gerade.“

„Sie werden im Gefängnis noch genug Zeit haben, an Ihrer Litanei herumzufeilen.“

Kaum bemerkbar schnellt seine rechte Braue nach oben. Der Rest bleibt reglos.

„Ich verstehe“, meint er.

Seine Gelassenheit soll mich wohl glauben machen, daß er ein Mann von Charakter ist. Seine lange Liaison mit den Mächtigen im Staat hat ihn eine falsche theatralische Größe annehmen lassen.

Er errät den Grund meines Besuchs, doch die Verachtung, die er für mich hegt, verbietet ihm, mir auch nur im geringsten entgegenzukommen.

Ich drücke ihn zur Seite und betrete sein Domizil. Im Salon lagert ein ganzes Arsenal von elektronischem Spielzeug, Soft- und Hardware, Faxgeräte und Funkanlagen, die den Ort zum Sitz eines Generalstabs machen.

„Das also ist Ihr apokalyptisches Labor, Monsieur Abou Kalybse?“

„Ich habe Sie beträchtlich unterschätzt, Llob.“

„Den Polizisten oder den Schriftsteller?“

„Beide. Jedesmal, wenn ich Ihren Namen auf die schwarze Liste setzen wollte, hat mich meine kategorische Weigerung, Ihnen Talent zuzugestehen, davon abgehalten. Gleichzeitig hat es mir Spaß gemacht, Ihren Ruf als Spürnase auf die Probe zu stellen.“

Ich befehle Lino mit einer Kopfbewegung, die obere Etage zu inspizieren.

Sid Lankabout nimmt feierlich hinter seinem Schreibtisch Platz und streichelt die Blätter, die randvoll mit seinen Inspirationen sind. „So ein schöner Roman", seufzt er.

„Das sagt man sich immer, bevor der Lektor sein Gutachten vorlegt."

An den Wänden hängen die Porträts der kürzlich ermordeten Intellektuellen, die Jagdliste des Abou Kalybse. Die Trophäen seines düsteren Ruhms: drei Schriftsteller, vier Gelehrte, ein Theokrat, fünf Journalisten, ein Schauspieler und ein Professor. Mein Blick bleibt am kauzigen Gesicht meines verstorbenen Freundes Aït Méziane hängen. Mein Herz krampft sich zusammen. „Welch ein Verlust!"

Sid Lankabout sammelt seine Blätter ein, stapelt sie, klopft den Packen mit der Handfläche glatt. Das Fenster hinter ihm geht auf einen Fels hinaus, an dem die Wellen lecken.

Er beginnt vorzulesen: „Gott vermag die Lage eines Volkes nur zu verbessern, indem er seine Mentalität korrigiert."

„Vielleicht sollte man lieber die Ihre korrigieren."

„Ich denke nicht. Wenn ich all diese degenerierten Bastarde sehe, die unsere Städte überfluten, diese amerikanisierten Jugendlichen, diese Intellektuellen, die sich anstrengen, uns eine Kultur einzutrichtern, die nicht die unsere ist, und uns allen Ernstes glauben machen wollen, daß ein Verlaine zehn Chawqis aufwiegt und ein Pulitzer zehn Aqqads, daß Gide die reine Wahrheit und Tawfik Al-Hakim* ein Nichts ist, daß die Transzendenz abendländisch ist und es Rückschritt bedeutet, zum Arabischen zurückzukehren, dann tue ich nur das, was

---

* *Ahmed Chawqi (auch Chawki oder Shawki), 1868-1932, Abbas Mahmud Al-Aqqad (auch Akkad), 1889-1964, Hussein Tawfik Al-Hakim, 1899-1987: ägyptische Dichter, drei der bedeutendsten Autoren der modernen arabischen Literatur. Al-Aqqad, berühmt wegen seines virtousen Umgangs mit der arabischen Sprache, war auch als kritischer Publizist hoch angesehen, deshalb hier der Vergleich mit Pulitzer.*

Goebbels angesichts Thomas Manns auch getan hätte: ich ziehe die Pistole."

Er verstaut seine Blätter in einer Mappe, legt sie in eine Schublade. Dann blickt er auf. „Sollte man den Dämon austreiben oder ihn zähmen ...? Es mußte eine Entscheidung getroffen werden. Und ein Dämon läßt sich nicht zähmen."

Ich zeige auf die Porträts: „Das waren weder Dämonen noch Verrückte, Sid. Das waren einfache, ehrliche, brave Leute. Sie hatten Kinder, Hoffnungen, legitime Ansprüche und wollten niemandem etwas Böses."

„Dummes Zeug! Als ich gegen die Kolonialherren zu den Waffen gegriffen habe, war das nicht zum Vergnügen. Ich habe von einem algerischen Algerien geträumt mit Koranschulen und Moscheen und turbantragenden Gelehrten. Von einem Land, das stolz ist auf seine Identität, seine Geschichte, seine Erde, unverwechselbar unter Tausenden; stolz auf die Vielfalt seiner Dialekte, seine Sprache, seine Traditionen ... Und was sehe ich? Algier ist so verdorben wie jede Metropole jenseits des Meeres, ein Volk ohne Charakter, häretische Universitäten, ein Schicksal von tödlicher Trivialität." Er deutet verächtlich auf seine Opfer: „Das waren keine braven Leute, Llob. Sie waren hinterhältig, arglistig, zerstörerisch. Die reinsten Motten. Sie waren unsere Feinde, Verräter. Sie standen im Sold der Abtrünnigen, waren Handlanger des Teufels."

„Aït Méziane hatte kaum was zum Beißen. Er hat seine Schulden mit ins Grab genommen."

„Er war ein mieser Gaukler. Er verkörperte die Person des zersetzenden, zynischen, negativen Algeriers, den wir alle ablehnen ... So konnte das nicht weitergehen. Es war zuviel des Lächerlichen. Der Wald mußte niedergebrannt werden, um Platz für einen neuen zu schaffen, ohne Ratten und Schmeißfliegen, schädlingsfrei und widerstandsfähig ..."

Kein Zweifel, der Mann, der da mit mir redet, ist verrückt.

Ich betrachte seine Wangen, seine glitzernden Augen, den Schweiß, der ihm über die Schläfen rinnt, seine Finger, die so zittern wie seine Stimmbänder …

„Du warst es doch, der die sicheren Werte immer verabscheut hat, Sid, du bist der lebende Widerspruch. Ich habe dich nur als Spielverderber gekannt, nachtragend, mürrisch, allergisch gegen gute Laune. Der Erfolg der anderen hat dich immer nur gestört. Du hast ihr Talent als persönliche Beleidigung empfunden. Nur weil du der geborene Pechvogel bist, hat in deinen Augen nichts einen Wert. Du sprichst von deinen Träumen und läßt Alpträume wahr werden. Eine gräßliche Spinne, die in den Tiefen ihres Netzes lauert: das bist du und sonst nichts. Neidisch auf jeden Schriftsteller, jeden Künstler, der dir die Schau stiehlt. Dein Leben lang wolltest du die Welt überflügeln, über sie erstrahlen, aber nicht durch dein Genie – davon hast du keinen Funken –, sondern durch die zerstörerische Flamme deines Hasses, du, der Schreibknecht der Tyrannen, eingesetzt nicht um zu lehren und Orientierung zu geben, sondern um die wahre Elite zu sabotieren, so wie ein einziger kranker Baum den ganzen Wald verderben kann. Wer der Lüge dient, verfängt sich in ihr. Deine Freunde aus dem alten Regime haben dich, deinen Egozentrismus, deinen Größenwahn nur benutzt. Sie haben dich gegen deine natürlichen Verbündeten und gegen dich selbst aufgebracht. Sie haben dich an den Höhenrausch gewöhnt und dann auf einer Wolke vergessen. Aber du bist nicht Gott und auch kein Engel, Monsieur Lankabout. Du bist eine jämmerliche Utopie. Du flößt den Lebenden wie den Toten nur Mitleid ein …“

Er streckt mir seine Hände entgegen, liefert sich mir aus.

„Du brauchst keine Handschellen“, erwidere ich. „Eher eine Zwangsjacke.“

Er betrachtet die Innenseite seiner Hände, dreht sie um, stützt sich ab, um aufzustehen. Ganz behutsam. Seine Finger berühren einander, verschränken sich. Sid wähnt sich vor erlauchtem Publikum, schickt sich an, das Wort zu ergreifen. Durchs Fenster flutet das Licht herein und umhüllt ihn wie ein Nessusgewand. Er ist nur mehr ein Phantom, ein Schatten, der sich aus dem Tageslicht löst.

„Als verrückt gilt, was sich dem Verständnis der Menge entzieht", sagt er mit tonloser Stimme. „Verrückt ist der Weise, der seine Gelehrsamkeit vor dem gemeinen Volk ausbreitet. Galilei war in den Augen der Kirche verrückt. Und als verrückt galt Ibn Sina, der den Körper eines Menschen schändete, indem er ihn sezierte. Doch die Jahre bescheren den nachfolgenden Generationen unerhörte Erkenntnisse. Naivität und Genialität, Verläßlichkeit und Fehlbarkeit, Recht und Unrecht lösen einander in willkürlichem Wechsel ab. Wie viele Schurken von einst werden heute hoch gerühmt? Wieviel Hirngespinste haben sich im nachhinein als erstaunliche Prophezeiung erwiesen ...? In Wirklichkeit, Llob, gibt es weder die absolute Wahrheit noch die totale Lüge: Es gibt nur Dinge, an die man glaubt, und andere, an die man nicht glaubt ..."

In diesem Moment splittert das Fenster. Sid Lankabout wird auf den Schreibtisch geworfen, sein Schädel von einer großkalibrigen Kugel zerfetzt. Ich kann gerade noch eine Silhouette erkennen, die draußen hinter dem Felsen hervorspringt und in Richtung einer Hecke davonläuft. Dann höre ich, wie ein Wagen mit quietschenden Reifen wegfährt.

## 17

Der Direktor hat darauf bestanden, das Ende von Abou Kalybse zu feiern. Zum kleinen Empfang, den er im Sitz der Direktion organisiert hat, sind die Sekretärin des Verwaltungsbezirks, einige Kommissare, eine Handvoll Offiziere der Spezialeinheiten und eine Schar Journalisten geladen. Der oberste Polizeichef hat abgesagt, jedoch einen ermüdend geschwätzigen Vertreter geschickt, der sich mehr dafür interessiert, wie wohl der Bezwinger der Bestie ausschaut, als eine Lobrede zu halten. Dafür preist der Direktor meine „Ausdauer" und meinen „Sinn für Selbstlosigkeit". Er nennt mich beim Vornamen, und prompt werde ich so rot wie eine Jungfrau beim Anblick eines Hotdogs.

Alle sind sie der gleichen Meinung, daß Abou Kalybse ein verteufelter Brocken gewesen sei. Wenn man sie so hört, könnte man meinen, der Terrorismus sei nun ausgelöscht.

Man drückt mir die Hand, man klopft mir die Schulter, man knufft mir triumphierend in den Wanst – und nicht einer, der es für nötig befände, Lino zu gratulieren. Der schämt sich fast für seine Anwesenheit, Lino der Untergebene, Lino der Packesel, Lino, zur Sache reduziert, ohne Ruhm und ohne Verdienst. Allzuviel macht es ihm nicht aus. Lino weiß, daß in einer Gesellschaft, in der man selten danke und niemals Entschuldigung sagt, Undankbarkeit völlig natürlich ist.

Später wird er mir anvertrauen, daß er als Junggeselle wider Willen alle Ehrungen der Welt für eine bescheidene Zwei-Zimmer-Wohnung gäbe, um endlich eine Familie gründen zu können. Möge Sankt Nimmerlein ihn erhören!

Zu Hause langweilen sich die Kinder vor dem Fernseher. Unsere Politprominenz streitet um eine derart nervtötende Nebensächlichkeit, daß meine Tochter davon fast eine Depression bekommt.

Ich hänge meine Jacke an den Nagel und lasse mich in der Küche nieder. Mina serviert mir eine Zwiebelsuppe mit ein paar Nudeln drin. Es geht ihr nicht gut, meinem kleinen Aschenputtel. Nur ungeschickte Gesten, nur ausweichende

Blicke. Ich halte sie am Handgelenk fest. Sie sträubt sich, will sich nicht auf meine Knie setzen.

„Du bist heute nicht ganz auf der Höhe, mein Schatz."

Sie greift sich gequält an die Stirn.

„Sie reden im Radio von deinem Erfolg."

„Haben sie meinen Namen erwähnt?"

„Nein, aber so gut wie."

Sie macht sich Sorgen. Sie tut nichts anderes. Ihr Ältester ist fortgegangen, ihre Große langweilt sich, weil sie keinen Verehrer findet, ihr Ehemann ist die Hauptattraktion bei der Terroristen-Olympiade... Wenn ich aus dem Haus gehe, wacht sie hinter dem Fenster. Wenn ich fünf Minuten Verspätung habe, verliert sie die Nerven. Mina macht sich kaputt. Ihre Rundungen, die wie keine anderen meinen Pulsschlag mit ihrem Hüftschwung in Einklang gebracht haben, sind erschlafft. Ihr Herz klopft nur mehr vor Schreck und aus Wut.

„Mach dir keine Sorgen, Liebling. Renkt sich alles wieder ein."

Gegen drei Uhr nachts schreckt mich das Telefon aus meiner Schlaflosigkeit. Ich hebe ab.

„Hallo, Habibo*!" bellt eine verstellte Stimme, „gute Arbeit geleistet. Ich danke dir. Du hast mir einen Dorn aus dem Fuß gezogen ... Geht's gut, nicht zu müde? Wetten, du hattest gerade einen Alptraum?"

„Gut, daß du angerufen hast. Ich wäre vor Angst fast gestorben."

„Ach ja...?" Er legt auf.

Mina rührt sich unter der Bettdecke.

„Wer war das?"

„Ein klaustrophober Nachtschwärmer."

Sie richtet sich auf. Ihre Augen leuchten im Dunkeln.

---

* *arab. Habib = Liebling, Schätzchen*

„Irgend jemand hat seit heute morgen dauernd angerufen."
„Schlaf weiter."
Ich taste auf dem Nachttisch herum, finde eine Zigarette, zünde sie an. Im Nebenzimmer phantasiert mein Jüngster zehn Sekunden lang vor sich hin und ist dann still. Die Nacht leuchtet bläulich durch die Fenstergitter. An einem gespenstischen Himmel sehnt sich ein Stück vom Mond nach seiner ganzen Fülle.
Noch einmal das Telefon.
„Da bin ich wieder, Habibo."
„Du hast die falschen Tabletten geschluckt, hab ich recht?"
„Das ist eben meine Art. Es gefällt mir, mit der Beute zu reden, bevor ich sie kaltmache. Das bringt einen einander näher, man lernt sich kennen. Ich hasse es, jemanden umzubringen, den ich nicht kenne. Das hinterläßt den Nachgeschmack des Unfertigen ... He, was willst du? Die Leute sind nicht alle gleich."
„Wer spricht denn da?"
„Ganz sicher ist es kein Störgeräusch, Habibo."
„Soll das ein Witz sein?"
„Meine Freunde finden, daß ich keinen sehr ausgeprägten Sinn für Humor habe. Dem Kerl, den ich neulich darauf vorbereitet habe, erstochen zu werden, ist nichts Besseres eingefallen, um mein Mitleid zu erwecken, als zu erzählen, er hätte eine chronische Rachenentzündung." Lachen aus dem Hörer. „Bist du noch da, Habibo? Warum hustest du nicht ein bißchen heftiger ..." Lachen. „Ciao!"
Meine Zigarette ist zwischen meinen Finger verglüht. Ich habe nichts gespürt. Ich setze mich auf und starre bis zum Morgengrauen das Telefon an. Habibo ruft nicht mehr an.

„Du bist blaß", teilt mir Mina am frühen Morgen mit.
„Fang nicht wieder damit an, ich bitte dich."

Ich esse nur mit halbem Appetit. Mein Butterbrot bleibt mir im Hals stecken. Ich weiß nicht warum, aber mit einem Mal verursacht mir der Buttergeruch Brechreiz.

In der Garage macht der Parkwächter dieselbe Bemerkung: „Sie sind blaß, Herr Kommissar."

„Ich habe zuviel Milch in meinen Kaffee getan."

Ich untersuche den Parkplatz, schaue unter die Autos, nähere mich meinem Zastava, kontrolliere die Griffe, ohne sie zu berühren, aus Vorsicht vor eventuellen Drähten, spähe unter die Motorhaube. Nicht die Spur einer Bombe.

„Sind Sie sicher, daß alles in Ordnung ist?" fragt der Parkwächter interessiert.

„Sind Sie Arzt?"

„N-nnnein."

„Also was geht Sie das dann an?"

Der Parkwächter zieht den Kopf ein und verschwindet.

Ich setze mich hinters Steuer, nehme meinen ganzen Mut zusammen und drehe den Zündschlüssel. Der Motor heult sofort auf. Seltsamerweise. Für gewöhnlich ist er störrisch.

Erst als ich den Schalthebel berühre, entdecke ich den Zettel am Rückspiegel:

„Du *bis* tot, Habibo."

Wenn Bliss meinen schlimmsten Feinden erzählte, daß Llob ein Angsthase ist, der sich schon bei einer Kleinigkeit in die Hose macht, würde ihn niemand ernst nehmen. Trotzdem habe ich einen Stich lang das Gefühl, als würde der Himmel über mir zusammenbrechen.

* * *

Habibo stößt im Büro wieder zu mir.

„Hast du meine Nachricht gefunden?"

„*Du bist*, das schreibt man mit *t*."

„Es ist ja nicht meine Sprache…"

„Was willst du?"

„Mich mit dir amüsieren. Ich war in der Garage. Ich hab mich halb totgelacht. Deiner armen Karre sind die Sicherheitsventile durchgebrannt. Du wirst dich fragen, wo ich mich versteckt habe, Habibo, hm? Du hast ja überall nachgeschaut. Das beweist, wie schlau ich bin. Ich hätte dich gut umbringen können. Ich hab's nicht eilig. Ich werde dich leiden lassen. Du wirst mich noch anflehen, dich fertigzumachen. Ich liebe es, wenn man mich anfleht. Ich fahr da voll drauf ab. Manchmal lasse ich der Beute einen kleinen Hoffnungsschimmer. Sie klammert sich mit ganzer Kraft daran. Sie schleppt sich vorwärts bis zur Tür. Ich bin schon ganz aus ihren Gedanken verschwunden. Sie robbt durch ihr Blut, erreicht die Tür, sieht die Treppe, sieht die Tür des Nachbarn. Nur drei Meter, nur noch zwei Meter, nur noch ein Meter. Sie hebt die Hand, schwer wie ein Amboß, kratzt an der Nachbartür, wieder und wieder. Die Tür öffnet sich endlich, und der Nachbar, das bin ich." Er beginnt unheilvoll zu lachen.

Eine halbe Stunde später ruft Mina mich an: „Man hat ein Paket vor unserer Tür abgelegt."

„Faß es auf keinen Fall an!" schreie ich. „Und bewahr die Ruhe. Nimm die Kinder und verschwinde. Keine Hektik, Liebling. Alarmiere die Nachbarn. Das ganze Gebäude muß evakuiert werden. Ich komme…"

* * *

Das Paket liegt vor meiner Wohungstür. Zwei Pyrotechniker hören es in einer unerträglichen Stille ab. Sicherheitskräfte haben die Straße abgesperrt. Mina und die Kinder warten aschfahl und stumm in einem Zellenwagen. Sie zittern am ganzen Leib.

Ich beobachte die Umgebung. Ich spüre, daß Habibo ganz nah ist, so nah, daß ich auf ihn spucken könnte. Und alle Gesichter kommen mir verdächtig vor.

Die beiden Pyrotechniker nehmen schließlich das Paket auseinander. Als sie aus dem Gebäude kommen, gerät die Menge in Bewegung.

„Blinder Alarm", beruhigt mich der Dienstshöhere.

In dem Paket finde ich Seife für meine Totenwäsche, ein Leichentuch und eine Gebetskette. Ein alter Brauch aus unserer Gegend.

Ich nehme Lino zur Seite und trage ihm unauffällig auf: „Versuch, meinen Cousin Kader in Béjaia zu erreichen. Sag ihm, daß ich ihm Mina und die Kinder schicke. Sie dürfen auf keinen Fall in Algier bleiben."

* * *

Drei Tage später, auf der Straße nach Zéralda, wird mein Wagen von einem Meteor gestreift. Ich diskutiere gerade über Funk mit Lino und merke gar nicht, wie mich eine fette Limousine überholt. Plötzlich rempelt sie gegen meine Tür und schüttelte mich von Kopf bis Fuß durch. Ich erinnere mich nur noch, daß die Straße uneben wurde, dann, daß mich der Straßengraben verschlang, schließlich das Nichts...

* * *

„Mehr Glück als Verstand", beruhigt mich der Arzt, während er sich die Röntgenbilder ansieht. „Ihr Schädel ist so hart wie die Eisenkugel eines Sträflings."

Ich weiß nicht, ob es sich dabei um ein Kompliment oder um eine Diagnose handelt, aber ich bin ordentlich erleichtert. Ich ziehe mich vor dem Spiegel wieder an. Mit dem Verband, der mir den Schädel einhüllt, sehe ich aus wie ein Fakir, dessen Zöpfe in eine Mühle geraten sind.

Habibo ruft mich um vier Uhr morgens an: „Du hättest mir fast den Abend verdorben."

„Ich werde das nächste Mal besser aufpassen, nicht wahr, Didi ...?"

Am anderen Ende der Leitung wird aus vollem Halse gelacht.

„Didi ist tot, Habibo. Man hat ihn in ein Loch gesteckt und mit Stahlbeton zugeschüttet. Die Bande von Sid Lankabout, kaputt! Nur du und ich sind noch übrig. Wir werden uns prächtig unterhalten ... Wo hast du eigentlich deine verlausten Gören hingebracht? Ich werde sie wiederfinden. Ich werde Pastete machen aus ihrem Gehirn."

„Nun mal langsam! Du hast gesagt, ich wäre schon tot, und ich lebe noch."

„Aber nein, du *bist* tot. Vollkommen tot. Nur du selber denkst, daß du noch von dieser Welt bist. Dein Totenschein wurde gleichzeitig mit dem Dienstvertrag unterzeichnet. Man sagt mir nach, daß ich meine Opfer beerdige, bevor sie noch auf die Welt kommen."

„Beweis es."

Ich lege auf.

Er ruft mich sofort wieder an.

„Verdammter Hurensohn. Ich kann es nicht ausstehen, wenn man mir das Wort abschneidet. Mach das nie wieder mit mir."

Ich reiße das Telefonkabel heraus.

* * *

Es ist Montag. Ein griesgrämiger Himmel ergießt seinen Mißmut über die Stadt. Die Sonne meines Landes deprimiert. Die

Greuel, die ihr die Nacht hinterläßt, sind stärker als ihre Magie.

Jeden Morgen erfahren wir aus dem Tagesbericht, daß ein Kind getötet, eine Familie dezimiert, ein Zug angezündet, ein anderer Winkel des Landes heimgesucht wurde. Ich zwicke mich, bis ich blute, um sicher zu sein, daß ich nicht träume. Nein, es ist kein böser Traum. Auf der guten alten Erde Numidiens bringen sich die Brüder mit außerordentlicher Grausamkeit gegenseitig um.

Unter allen Völkern sind wir das „radikalste". Wir sind davon überzeugt, die Besten oder aber die Schlimmsten zu sein. Von der goldenen Mitte haben wir nie etwas gehört. Wir haben die tapfersten Soldaten der Welt und die mutigsten Frauen, und unter unseren Nachkommen finden sich die schrecklichsten Monster des Planeten. Mäßigung halten wir für Unsinn, für „Appetitlosigkeit". Vielleicht sind wir deshalb so unbezähmbar wie unvernünftig.

Währenddessen glauben wir weiterhin, daß eine Schubumkehr möglich ist, daß von einem Moment zum nächsten die Hölle der Menschen dem Paradies Allahs Platz machen wird, daß mit einem Mal Djazaïr* wieder Djazaïr sein wird, das heißt, ein Ort, an dem zwar nicht alles eitel Wonne ist, aber wo es sich trotzdem ganz gut leben läßt – ein wenig drunter und drüber, aber dafür in vollen Zügen.

Ein knausriger Regen netzt die Chaussee.

Das ist der Moment, den Ex-Kommissar Dine ausgewählt hat, um sich meiner zu erinnern: „Llob, mein heißgeliebtes Fäßchen", tönt er am anderen Ende der Leitung, „ich hoffe, ich hab dich nicht geweckt!"

„Ich bin im Büro."

„Eben darum, dort schläft es sich besser ... Ich war bei dir

---

* *Algerien*

zu Hause. Man hat mir gesagt, daß du das Weite gesucht hast."

„Die Gegend wurde allmählich zum Schießstand."

„Soso! Haben die Heckenschützen dich jetzt im Visier!"

„Was willst du, du Pensionist? Soll ich dir helfen oder dich zum Teufel schicken?"

Dine räuspert sich hüstelnd und fragt: „Interessiert dich *mein* Fall noch immer?"

„Könnte sein. Wieso hast du deine Meinung geändert?"

„Wegen Tahar Djaout*! Er hat gesagt: *Wenn du redest, stirbst du. Wenn du schweigst, stirbst du. Also rede und stirb.*"

„Ich bin in vierzig Minuten bei dir."

Ich erreiche die verkommene Siedlung mit einer Viertelstunde Verspätung. Rund um das Hochhaus, in dem Dine wohnt, stehen Polizeiwagen. Der Anblick des Krankenwagens läßt mir das Blut in den Adern gerinnen.

„Scheiße, Scheiße, Scheiße! Sie haben ihn erwischt!"

Einige Polizisten machen mir Zeichen umzukehren. Der Brigadier erkennt mich und läßt die Absperrung zurücksetzen, damit ich durchkann.

„Zwei Terroristen haben versucht, einen Kollegen zu liquidieren", erklärt er mir.

Ich springe aus dem Auto. Zu meiner großen Erleichterung steht Dine aufrecht im Treppenhaus, eine 7,62er in der Faust. Auf den Stufen bluten zwei verrenkte Körper ihr Gift aus, der eine mit einer sabbernden Mohnblüte auf der Brust, der andere mit einer seltsamen Sommersprosse zwischen den Brauen.

„Llob, chéri, entweder ist das ein Zufall, oder du wirst abgehört."

---

* *Algerischer Journalist und Schriftsteller, 1993 ermordet*

## 18

Die Nacht kehrt im wehenden Galopp zurück, ihr schwarzer Umhang bläht sich im Wind, und die Lichter der Stadt stäuben wie Funken unter ihren Hufen.

Dine und ich haben uns für die Klause von Da Achour entschieden. In ihrer Abgeschiedenheit kann man sich konzentrieren und die Akten mit kühlem Kopf entstauben.

Wir haben die Abschriften verglichen, sind unsere Informationen noch einmal durchgegangen, haben die Videokassetten durchgesehen. Die Bilder, die vor meinen Augen vorüberziehen, die Gesichter, die aus dem Dunkel auftauchen, die Hände, die im Schatten geschüttelt werden, das alles schneidet mir den Atem ab.

Die meisten der Fundamentalisten sind in den Salons der Neureichen ein und aus gegangen und mit dem Räderwerk der höheren Sphären bestens vertraut. Der eine war Leibwächter eines Generaldirektors, jetzt ist er Emir einer Horde von Kannibalen. Der andere war Chauffeur eines Neo-Beys, jetzt überschwemmt er das Land mit subversiven Traktaten.

Mit jeder neuen Erkenntnis beschleicht mich stärker dieses Gefühl, das dich lähmend bei der Gurgel packt, wenn du merkst, daß das Licht am Ende des Tunnels nichts anderes ist als der Widerschein der Hölle.

„Von Anfang an“, berichtet Dine, „war mir der Tod von Abbas Laouer verdächtig. Der Bankier war ein Hypochonder. Seine Krankengeschichte war lückenloser als jeder Fahrtenschreiber, sein Lebensablauf so geregelt wie eine Schweizer Uhr. Alle sechs Monate eine Untersuchung. Kein Gramm Fett zuviel, keine Kalorie zuwenig. Er war geradezu prädestiniert, den Rekord an Langlebigkeit zu brechen.

Im Nightclub haben sie mir verboten, mich seinem Leichnam zu nähern. Haj Garne ging sogar so weit, den Durchsuchungsbefehl zu zerreißen. Ich, der ich gedacht hatte, ich hätte ihn weichgekocht, mußte feststellen, daß ich viel zuwenig ausgekocht war.

Es war das erste Mal, daß ich in diesen Höhen fahndete. Ein Polizist, der dreißig Jahre damit verbracht hat, kleinen Gaunern auf die Füße zu treten, ist nur schwer davon zu überzeugen, daß es Leute gibt, die über dem Gesetz stehen. Ich habe den Fall Laouer wieder aufgenommen, nachdem man ihn im Handumdrehen abgeschlossen hatte. Der Bericht des Gerichtsmediziners sprach von Herzinfarkt. Ich bin zu ihm hin, um ihm auf den Zahn zu fühlen. Der hat mir vielleicht was erzählt. Mein Partner hat sich auf Zehenspitzen zurückgezogen. Es war sonnenklar: das war eine Nummer zu groß für uns.

Ich habe dann allein weitergemacht. Richter Berrad bestärkte mich. Nach drei Monaten war ich nicht einen Millimeter weiter. Da brannte bei mir die erste Sicherung durch. Ich wollte das *Limbes Rouges* amtlich schließen lassen. Resultat: Haj höchstpersönlich taucht in meinem Büro auf und führt mir ein Video vor. Fassungslos erkenne ich meine Nichte inmitten einer abstoßenden Sexorgie. Er überließ mir den Film als Musterstück und meinte: ‚Und ich habe noch nicht einmal richtig nachgeschaut. Es gibt sicher noch einen netten Dokumentarfilm über deine außerehelichen Abenteuer.‘

Der Sturz in den Abgrund, Llob. Aber ich ließ nicht los. Ich habe Soria Atti alias Anissa beschattet. Ich habe Fotos gemacht. Am Tag, an dem ich sicher war, sie in der Falle zu haben, hat sie mich nur ausgelacht. Während ich auf ihrem Bett meine kompromittierenden Fotos auspackte, schaltete sie das Video an. Und ich sah Maître Berrad, den höchsten Richter, wie er es sich an allen Körperöffnungen von einem Minderjährigen besorgen ließ. ‚An deiner Stelle würde ich es aufgeben, hinter dem Einhorn herzujagen‘, sagte Anissa zu mir. ‚Es wäre doch schrecklich, aufgespießt zu werden.‘

Dieses Mal war ich allein, wirklich allein. Kein Verbündeter mehr, keine Unterstützung. Ich wurde wütend. Haj Garne hat vier Luxusbordelle mit Prostituierten versorgt, höchste Autoritäten unter seinen Stammkunden gehabt und eine regelrechte Pornothek aufgebaut, mit der er sie alle erpressen konnte. Abgeordnete, Diplomaten, Staatsräte, Juristen, Journalisten... Um mir den Rest zu geben, versicherte er mir, er hätte sogar Dias von Adam und Eva.

Sein Gewerbe war weit mehr als eine Sammelstelle für gerupfte Hühner, es war eine politische Kraft. Immer, wenn ein hoher Politiker sich mehr oder weniger über die sozialen Mißstände empörte und nach Aufdeckung der üblen Machenschaften rief, schickte man ihm eine Kopie seiner sexuellen Ausschweifungen zu. Blieb er stur, wurde er liquidiert.

Und weil *ich* stur blieb, hielten sie mich rund um die Uhr auf Trab. Ich mißtraute am Ende der ganzen Welt. Meiner Frau, meinen Kindern, dem Briefträger... So bin ich zuletzt im Irrenhaus gelandet."

Wir gehen auf die Veranda hinaus und schauen zu, wie das Meer sich krachend am Riff bricht. Auf unseren Lippen prickelt die Gischt, unsere Lungen saugen gierig den Geruch der Algen ein, um den Modergeruch aus unserem Innern zu vertreiben.

„Wer steckt hinter dieser riesigen Schweinerei?"

Dine bläst die Backen auf.

„Die Finanz- und Polit-Mafia. Sie hat diesen ganzen verdammten Krieg angefangen und sie hält ihn am Laufen. Eine Ansammlung von alten Politikern, die es nicht verkraftet haben, daß sie ausgeschaltet wurden, kleptomanische Anführer aus alten Zeiten, die ihre Strafe mittlerweile abgesessen haben und jetzt zurückkommen, um sich zu rächen, entlassene Funktionäre, Revanchisten, die was weiß ich beweisen wollen, eine ganze Bruderschaft verantwortungsloser Verantwortlicher, deren neue Massengräber die Aasgeier anlocken und wild machen ..."

„Ich will Namen, Dine, Namen ..."

„Den Namen der Sekte", knurrt Da Achour aus seinem Schaukelstuhl heraus. Er zeigt auf das aufgewühlte Meer. „Horch auf das Rauschen der Wellen, Llob. Die Wellen sind schon in Aufruhr. Das dritte Jahrtausend wird zum Ruhme der Gurus erwachen ..."

## 19

Die Leute mögen es nicht, wenn man sich ihnen in die Sonne stellt. Das macht sie wütend, und sie können bös zurückschlagen. Salah Doba weiß das. Deshalb hat er sich entschlossen, sich ganz klein zu machen. Die Kleinen werfen weniger Schatten. Sie leben versteckt in dem ihren. Das schützt sie vor dem bösen Blick.

Salah Doba ist klug. Klein zu sein bedeutet nicht, keine großen Pläne zu schmieden. Da hat er sich noch nie geniert.

Und außerdem ist es gar nicht so schlecht, klein zu sein. Als Zwerg bekommt man die Ziegel als letzter auf den Kopf, und man merkt als erster, wenn die Flut kommt. So macht man den Verlust an Höhe durch einen Zuwachs an Perspektive wett.

Offiziell ist Salah Doba ein kleiner Angestellter im Untergeschoß der nationalen Wafa-Bank in der Rue des Trois Pendules. Tatsächlich ist er Vertreter für die unterschiedlichsten Bereiche. Seine Aufgabe besteht darin, fernab Geschäfte zugunsten der Apparatschiks des alten Regimes abzuwickeln und schmutziges Geld zu waschen. Briefkastenfirmen und Scheingeschäfte kennt er in- und auswendig, er gilt als As in

Theorie und Praxis der Fälschung. Dank seiner Aktionen hat eine stattliche Zahl sogenannter charismatischer Persönlichkeiten Traumschlösser in Spanien und anderswo gebaut und etliche Schweizer Banken aufgefettet.

Er selbst begnügt sich mit den Krumen und schafft brav im verborgenen, so daß niemand ahnt, welch Imperium die fleißige Ameise hinter der unbedeutenden Gestalt des kleinen Angestellten errichtet hat.

Sein Haus paßt zu ihm. Von der Straße aus ist es ein ganz normales Gebäude. Mit grotesker Fassade und gewöhnlicher Eingangstür, mit derart schreiendem Orange getüncht, daß es jeden Hitiste*, der eine Mauer zum Anlehnen sucht, zur Verzweiflung treiben muß.

Doch sobald man die Schwelle überschritten hat, befindet man sich in einer Oase.

Er empfängt uns auf der Veranda. Ganz untertänig. Als ob seine Festung nur Frucht unserer Einbildung wäre. Er ist ein ausgemergeltes Männchen mit metallischem Blick und abgezirkelten Bewegungen. Er serviert Zitronenlimonade und Pariser Konfekt und beobachtet uns, von unseren Appetit gerührt, mit dem Blick der gütigen Seele, die den Welpen beim Fressen zusieht.

„Monsieur Doba", beginnt Dine und leckt sich die Finger ab, „Kommissar Llob und ich rollen die Affäre Laouer wieder auf."

„Das ist eine alte Geschichte..."

„Ich weiß. Sie wurden wegen des Todes Ihres Direktors aller Funktionen enthoben. Man hat versucht, Ihnen die Schuld für die Fehlbeträge im Safe in die Schuhe zu schieben. Aber es handelte sich um hundertzwanzig Millionen Dollar. Ein

---------------

* *„der die Mauer abstützt": übliche Bezeichnung für die arbeitslosen Jugendlichen, die auf den Straßen der algerischen Städte herumlungern.*

derartiger Krater konnte doch nur das Werk eines gewaltigen Baggers sein, und Sie sind so zart."

Salah Doba grinst noch breiter und schiebt das Tablett mit den Leckereien in meine Richtung, als handle es sich um ein Mikrophon.

„Und was denkt Kommissar Llob darüber?"

„Ich denke, daß man Sie benutzt hat."

Er lehnt sich zurück, verschränkt seine Nagetierfinger über dem Bauch.

„In diesem Fall sitzen wir im gleichen Boot, Kommissar Llob. Ich habe von Ihrer letzten Großtat gehört. Sie haben die Machenschaften von Sid Lankabout beendet. Das ist sehr gut. Aber die Fiesta geht trotzdem weiter."

„Ich sehe nicht, wie wir im gleichen Boot sitzen könnten, Monsieur Doba."

„Man hat auch Sie benutzt."

„Wie das?"

Er betrachtet den Himmel.

Es ist grundsätzlich nicht leicht, diesen Mann zu beeindrucken. Wie klein er auch sein mag, er scheint sein Reich besser abgesichert zu haben als ein Diktator. Bei ihm finde ich dieselbe Haltung wieder, die schon Haj Garne, Sid Lankabout und Konsorten meiner Mittelmäßigkeit gegenüber an den Tag gelegt haben.

„Kommissar", setzt Doba wieder an, „in meinem Winkel, in den man mich abgeschoben hat, komme ich weiterhin in den Genuß von Zuwendungen. In Wirklichkeit hat man mich nicht meiner Funktionen enthoben, man schützt mich nur vor jeder Indiskretion. Das ist die übliche Vorgangsweise. Sobald eine Spielfigur in die Schußlinie gerät, setzt man sie auf ein anderes Feld. Nach einer Zeit, wenn die Sache sich beruhigt hat, wird sie wieder ins System eingegliedert..."

„Sie antworten nicht auf meine Frage."

Er verzieht ärgerlich das Gesicht.

„Kommissar, normalerweise ist man, wenn man sich für oberschlau hält, immer nur der Dumme... Nehmen wir zum Beispiel diese Geschichte mit Abou Kalybse. Was war das wohl? Einfach nur die Geschichte eines weiteren Schlaubergers, eines weiteren Dummen. Da taucht plötzlich ein Emir auf, der nicht im offiziellen Organigramm des Terrorismus steht. Da das, was er tut, nicht dem Drehbuch entspricht, bringt er die ganze Choreographie durcheinander. Und was das Schlimmste ist, der Eindringling schreckt nicht davor zurück, sich aus den Reserven des Kontingents zu bedienen, und das ist ganz und gar nicht gut. Er bringt die wahren stillen Teilhaber bei ihren Partnern in Mißkredit. Es wurde dringend notwendig, die Krebszelle zu lokalisieren. Dazu brauchte man einen guten Spürhund, und auf dem Markt gab es keinen besseren als Kommissar Llob. Und Sie haben den Köder geschluckt. Dank Ihnen konnte man zwei Fliegen mit einer Klappe schlagen. Erstens hat man sich des Eindringlings entledigt, und zwar auf ganz legale Weise. Für den gewöhnlichen Steuerzahler hat die Polizei – zweitens – ihre Rechnung mit Sid Lankabout alias Abou Kalybse beglichen. Die Sache ist abgeschlossen."

Ich versuche, einen höhnischen Schimmer in seinen Augen zu entdecken. Doch Salah Doba macht keinen Scherz.

„Ich habe es satt, Kommissar. Ich habe die Betrügereien satt, die ständigen Manipulationen, das Puzzlespiel ... Gehen Sie nach Hause, das ist der Rat eines Freundes. Denen sind Sie nicht gewachsen."

„Wir lieben die Gefahr", sagt Dine.

„Es ist der Mühe nicht wert, meine Herren. Wirklich, es zahlt sich nicht aus. Gehen Sie nach Hause."

Dine beeindruckt das nicht. Er fingert mit vollgestopften Backen im Konfekt herum und bohrt nach:

„Es sind nicht diese hundertzwanzig Millionen Dollar, die

uns Sorgen machen, Monsieur Doba. Das Land streckt alle viere von sich, wir würden ihm gerne wieder auf die Beine helfen."

Doba lacht müde auf: „Man sieht, daß Sie keine Ahnung haben, wovon wir hier sprechen."

„Wir reden von der Finanz- und Polit-Mafia..."

„Alles Einbildung! Das sind Worte, nichts als Worte, zugkräftige Vokabeln, klingende Bezeichnungen, hohle Phrasen. Diese Leute sind die Stärkeren. Nicht unterzukriegen. Sie haben die Härte des organisierten Verbrechens, den Zusammenhalt der Cosa Nostra, die Immunität der Parlamentarier und die Straffreiheit der Götter."

„Einen Namen, Monsieur Doba, einen einzigen Namen. Um den Rest kümmern wir uns dann selbst."

„Wie kommen Sie darauf, daß ich einen von ihnen kennen könnte?"

„Wir besitzen Dokumente, Filme, Tonbandmitschnitte. Wir wissen zum Beispiel, was Sie 1991 in Beirut gesucht haben, warum Sie 1992 Ihren Aufenthalt in Syrien abgebrochen haben, was aus Ihren zwei Kollegen 1994 in der Libyschen Wüste geworden ist, warum Ihre Freundin aus Staoueli sich aus dem fünften Stock gestürzt hat..."

„Das genügt! Wenn Sie Beweise gegen mich haben, warum warten Sie noch, mich zu verhaften?" Da wir schweigen, fährt er fort. „Heiße Luft!" Er bläst durch den Kreis, den er mit Daumen und Zeigefinger bildet. „Heiße Luft! Vergebliche Liebesmüh. Denen sind Sie nicht gewachsen. Wir sind hier nicht in Italien, nicht in Frankreich und auch nicht in den Vereinigten Staaten. Hier verkauft sich die Justiz an den Meistbietenden. Die Grundwerte sind gekoppelt an die Kontoauszüge. Haben Sie Geld, dann gelten Sie was. Dann sind Sie wer. Haben Sie keins, sind Sie allein. Dann pfeift die ganze Welt auf Sie, und wenn Sie zehnmal der Messias wären."

Er sieht auf die Uhr und bemerkt: „Zeit für meine Lieblingsserie. Auf Wiedersehen, meine Herren."

Wir brechen auf.

Bevor wir uns verabschieden, sage ich zu Salah Doba: „Der einzige Unterschied zwischen Ihnen und den Terroristen ist, daß die Terroristen ein Risiko eingehen, Sie dagegen nicht. Wenn deren Kühnheit auch nicht die Niedertracht ihrer Taten schmälert, so ist Ihre Feigheit nicht einmal der Verachtung würdig."

* * *

Wir wußten von vornherein, daß Salah Doba knallhart sein würde. Daher hatten wir uns kaum Hoffnungen gemacht. Unser Besuch sollte nur ein bißchen Bewegung in die Sache bringen. Man kann nie wissen. Man wirft ein Wort in die Runde und wartet, bis ein Gerücht daraus wird.

Wir haben im sechsten Stock eines Gebäudes etwa hundert Meter von der Oase entfernt eine Abhörstation eingerichtet. Unser Funker liegt richtiggehend über dem Armaturenbrett, eine schwitzende Masse, die Kopfhörer an den Schläfen.

„Na?" fragt Dine und setzt sich neben ihn.

Der Funker winkt mit seinem Bleistift ab.

Etwa zwanzig Minuten später wird er lebendig, hebt den Bleistift als Zeichen zum Stillsein. Die Spulen des Tonbands beginnen sich quietschend zu drehen.

„Was soll das?" donnert eine rauhe Stimme aus dem Telefon. „Anscheinend waren zwei Bullen bei dir."

Dann Salah Doba: „Zwei Fliegen. Sie sind lästig, aber sie stechen nicht."

„Sind sie registriert?"

„Auf dem Abstellgleis, sage ich dir. Kleine Fische."

„Was wollten sie?"

„Eine alte Geschichte. Kein Grund zur Panik, kann ich dir versichern. Wenn es ernst wäre, kannst du dir doch denken, daß ich es dir brühwarm erzählt hätte."

„Ich kann warme Brühe nicht ausstehen!" schreit der andere und legt auf.

Ich höre, wie Salah Doba seinen Gesprächspartner einen Mistkerl nennt, dann nur mehr tüüt, tüüt ...! Dine drückt seinen Finger gegen die Wange.

„Das ist nicht gut für ihn. Was machen wir?"

„Wir warten."

Der Funker reißt eine Papiertüte auf, befördert ein gigantisches Sandwich zutage und verschlingt es, ehe ich Zeit habe, mir auch nur die Lippen zu lecken. Ich schlage Dine vor, sich ein bißchen hinzulegen.

Stunden vergehen. Langsam. Drückend.

Ich überwache die Straße mit dem Feldstecher. Von Zeit zu Zeit verweile ich, von einem dumpfen Voyeurismus getrieben, bei diesem oder jenem Fenster und dringe in die Intimsphäre der Leute ein. Der Funker ist eingedöst. Er schnarcht, seine Pfoten liegen auf dem Armaturenbrett, sein Hemd ist weit aufgeknöpft und gibt den Blick auf einen schweißtriefenden Nabel frei.

Die Sonne beginnt ihren Abstieg in die Hölle. Sie stürzt ins Meer, versucht, das Ufer zu erreichen, indem sie sich an den Wellen festhält, doch die Strömung trägt sie mühelos fort, bis sie mit einem wütenden, blutigen Aufspritzen versinkt.

Dann besprenkeln Sterne das Dach der Welt. Schon liegt die Nacht über der Stadt, hoch auf ihrer Stirn steht wie ein blindes Auge der Mond. In der Ferne geistern Autoscheinwerfer über lichtscheue Straßen. Hinter den Häusern heulen die Sirenen auf. Im Handumdrehen sind die Straßen leergefegt. Nur die Laternen stehen den Gehwegen in ihrer bestürzenden Armut noch bei.

Dine gesellt sich wieder zu mir.

Gegen elf Uhr taucht ein Mercedes am Ende der Straße auf, kommt auf leisen Rädern herangerollt, fährt am Haus von Salah Doba vorbei. Dieser steht im Pyjama da. Es ist kein Knall zu hören. Der „Kleine" sinkt auf den Stufen zusammen, die Hände gegen den Bauch gepreßt. Der Mörder taucht auf, beugt sich über ihn, feuert ihm drei Kugeln in den Kopf.

„Scheiße!" schreit Dine.

Ich greife mir mein Funkgerät und alarmiere Lino und Bliss, die eine Ecke weiter Posten bezogen haben.

„Folgt dem Mercedes."

Der Mörder hat keinen weiten Weg. Er stellt sein Auto in einer Tiefgarage am Rand des Viertels ab und verzieht sich in ein Stundenhotel.

Das bleiche Bürschlein, das hinter der Rezeption hockt, winkt uns ab, noch ehe wir die Tür richtig aufgemacht haben.

„Alles belegt!"

Ich zücke mit der Fingerfertigkeit eines Taschenspielers meine Dienstmarke. Zur Antwort pocht er nur auf sein Gästebuch.

„Meine Gäste sind sauber."

Dann wendet er sich von uns ab und wieder seinem Boxkampf im Fernsehen zu.

„Würde es dir etwas ausmachen, dich um uns zu kümmern?"

„Jawohl, es würde mir sogar sehr viel ausmachen. Ich sagte doch schon, wir sind voll belegt und unsere Kunden sind sauber. Wenn ihr das Gästebuch einsehen wollt, da liegt es. Ich hasse es, gestört zu werden, wenn sich zwei Verrückte im Ring verprügeln."

Ich greife mit einer Hand durch den Schalter, packe ihn an der Gurgel und schlage ihn mit dem Kopf gegen das Plexiglas. Seine Nase ist platt gegen die Scheibe gedrückt, die feucht anläuft. Ich drücke ihm die Luft ab, bis er röchelt.

„Da ist gerade ein Kumpel zur Tür herein. Schwarze Lederjacke und Stiefel ...“

„316!“ japst er.

Ich stoße ihn gegen seinen Fernseher und renne die Treppe hoch. Zimmer 316 liegt gleich am Anfang der dritten Etage. Wir stellen uns mit gezückter Waffe auf beiden Seiten der Tür auf. Dahinter lacht eine Frauenstimme.

Die Klinke gibt unter meiner Hand nach. Durch den Türspalt sehe ich unseren Mann. Er liegt auf dem Bett und telefoniert, während ein nacktes rundliches Mädchen an seinen Schultern knabbert.

„Das war nicht vorgesehen, Habibo“, nörgelt der Kerl. „Ich muß noch vor morgen abend ein Flugzeug nehmen. Ich brauche das Geld ... Das ist unmöglich, Habibo. Ich habe meine Abreise schon dreimal verschoben.“

Das Mädchen richtet sich als erste steif auf. Ich gebe ihr ein Zeichen, ihre Sirene ausgeschaltet zu lassen. Schließlich entdeckt uns auch der „Habibo“. Seine Hand schnellt zum Stuhl, wo seine Pistole liegt.

„Das wäre aber dumm“, rede ich es ihm aus.

Er schleudert das Telefon gegen die Wand, streckt sich auf der Bettdecke aus, verschränkt die Hände im Nacken und murmelt:

„Ich habe denen ja gesagt, daß man dich aus dem Weg räumen muß. Sie wollten nicht auf mich hören ... Verdammt! Laß ich mich von so einem Idioten erwischen!“

Ich antworte mit einem Zitat aus seinem nächtlichen Anruf: *„He, was willst du? Die Leute sind nicht alle gleich.“*

## 20

Lino schnitzt mit der Spitze seines Taschenmessers Schnörkel in den Tisch. Seine entblößten Zehen verpesten das bißchen frische Luft, das der Gestank des WCs bis zu uns durchläßt. In der schwülen Stille meines Büros ist nur das Knirschen der Klinge im Holz zu hören.

Zwischendurch pustet der Leutnant in heller Freude über sein Talent immer wieder über seine Kalligraphien hinweg und verkündet: „Das stell ich später im Museum aus."

„Und deine Socken gleich dazu."

Wir warten auf den Anruf von Dine. Wenn ich schon abgehört werde, warum nicht gleich davon profitieren? Der Habibo hat ausgepackt. Er wollte ohne seinen Anwalt nichts sagen und hat verlangt, daß wir ihn zum Bezirkskommissariat bringen. Da sind wir mit ihm zu einem abgelegenen Bauernhof gefahren und haben ihn die ganze Nacht lang durchgewalkt.

Der Habibo heißt Hamma Llyl. Er arbeitet in einer Schraubenfabrik in Annaba und hat das Feuer am Tag nach dem aufsehenerregenden Ausbruch der neunhundert Fundamentalisten aus Lambèse gelegt. Nach einigen kleinen Scharmützeln im Maquis hat er sich auf den städtischen Terrorismus spezialisiert. Achtzehn Morde in einem Jahr. Sein Ruf ließ ihn zu einem der begehrtesten Killer im Land aufsteigen. Seit zwei Jahren pendelt er zwischen Algier und Constantine hin und her, mit einer schallgedämpften 9-mm-Pistole im Kulturbeutel. Er jagt nur Großwild: Gewerkschafter, hohe Funktionäre, Offiziere, Verleger, lästige Emire.

Seine Auftraggeber kennt er nie. Selbst wenn sie ihm erlauben sollten, bis zu ihnen vorzudringen, würde er die Einladung ablehnen. Eine ganze Reihe von Killern wurde aufgrund dieses „Privilegs" schon ausgeschaltet. Die Auftraggeber zahlen gut. Aber es sind Medusen. Den Unvorsichtigen, der seine Augen auf sie richtet, verwandeln sie zu (Grab)Stein.

Als das Telefon klingelt, schneidet sich Lino fast in den Daumen. Ich deute ihm, sich zu gedulden.

Nach dem sechsten Läuten nimmt er ab: „Zentrale, ich höre ... Ach, Sie sind es, Kommissar Dine... Bedaure, er ist in einer Besprechung. Er hat mir aufgetragen, ihn unter keinen Umständen zu stören ... Wenn Sie darauf bestehen, werde ich schauen, was ich machen kann. Bleiben Sie dran..."

Er legt den Hörer hin, bewegt einen Stuhl, gibt vor hinauszugehen. Ich warte drei Minuten, stampfe mit den Füßen auf den Boden, greife nach dem Hörer.

„Ja, Dine ...? Hör mal, ruf mich doch in einer knappen Stunde an. Ich habe enorm..."

„Es ist ungeheuer wichtig", tönt es aus der Leitung.

„Hast du eine Fliege in deinem Glas gefunden?"

„Ich habe den Kerl erwischt, der dich bedroht hat. Er ist ein professioneller Killer. Hamma Llyl ist sein Name. Er hat Salah Doba umgebracht."

„Bist du sicher?"

„Llob, ich bitte dich, verschieb deine verdammte Sitzung. Ich sage dir, das hier geht vor. Der Kerl verblutet gerade in meinem Kofferraum. Wenn du ihn mit eigenen Ohren hören willst, bevor er krepiert, beweg dich schleunigst her."

„Bring ihn zu mir."

„Kommt nicht in Frage. Zu viele Spitzel. Komm in einer halben Stunde zu Khélifa."

„Von wo genau rufst du an?"

„Von einer Telefonzelle, zwei Kilometer vor Sidi Moh."

Ich tu so, als würde ich überlegen. „Nicht bei Khélifa. Kennst du die Rue Gard...? Nein, hör zu, erinnerst du dich an den verlassenen Bauernhof, in der Nähe des Salzsees, bei Douar Nayem?"

„Ich weiß, wo das ist. Gute Idee. Treffen wir uns dort in einer Stunde ... Noch etwas, Llob. Komm allein. Ich betone: allein. Einer zuviel und der Himmel fällt uns auf den Kopf."

* * *

Ich schaue so oft in den Rückspiegel, daß mir bald die Augen steckenbleiben. Die Stadt verschwindet hinter einer Wand aus glühender Hitze. Die Autobahn ist dicht befahren. Ich fahre ganz links und beobachte die Autos, die mich einholen und in wildem Zickzack an mir vorüberfahren.

Douar Nayem ist so groß wie ein Taschentuch. Sechs morsche Hütten, ein verfallener Innenhof und als Waschhaus ein Becken, in dem es vor Ungeziefer nur so wimmelt. Die Piste, die dorthin führt, ist mehr eine Wagenspur durchs Gestrüpp. Aus einer Hecke, hinter der sich ein paar ärmliche Behausungen ducken, streckt der Feigenkaktus sein stachliges Haupt empor. Kein einziger Hirte ist zu sehen. Das Dorf ist verlassen. Die kleinen Leute sind vor den Mißhandlungen der bewaffneten islamistischen Gruppen geflohen.

Der Hof liegt im Abstand von etwa hundert Metern hinter einem ausgemergelten Gebüsch, in dem nur die Grillen zirpen, der ideale Ort für eine Falle.

Dine erwartet mich im Innenhof, er hat eine kugelsichere Weste an und ist mit einer kleinen Maschinenpistole bewaffnet. Er deutet auf eine weitere Weste: „Zieh dich warm an, wenn du dir keine Erkältung holen willst."

Eine Amsel singt einsam im Unterholz. Eine Brise streicht durchs wilde Gras. Die Hitze steht über der Landschaft. Eine Stimmung wie im Biwak.

„Da kommen sie!" warnt mich Dine und entsichert seine Waffe.

Ein Kastenwagen fährt vom Weg ab, nähert sich dem Weiler,

umrundet das Bassin, dann das Gebüsch und bleibt in etwa fünfzig Meter Entfernung stehen. Die Schiebetür geht auf, und heraus kommen fünf bewaffnete Kerle in Tarnanzügen und mit Maske vorm Gesicht. Chaters Männer, die ganz in der Nähe im Hinterhalt liegen, lassen ihnen keine Zeit, sich zu verteilen.

Eine dichte Salve mäht zwei Terroristen nieder. Die drei anderen versuchen völlig überrascht, sich ins Gebüsch zu retten. Die Salven werfen sie über den Haufen. Der Kastenwagen rollt zurück, rumpelt über den Körper eines Verletzten, fährt einen Strauch um. Er wird sofort unter Beschuß genommen. Sein Tank lodert auf, das Feuer greift über auf die Karosserie. Eine menschliche Fackel springt heulend heraus, wirbelt herum und verbrennt auf einem Felsbuckel.

Alles ging sehr schnell, fast wie im Traum. Die Stille, die darauf folgt, taucht den Hügel in eine andere Welt. Sprungbereit kommen Leutnant Chater und seine Leute aus ihren Verstecken hervor und nähern sich dem Schlachtfeld.

Mit zerfetzter Brust liegt eines der Ungeheuer röchelnd im Gras. Seine blutverschmierte Hand tastet vergeblich nach der Kalaschnik neben ihm. Dine stößt die Waffe mit dem Fuß weg, beugt sich über den Verletzten und reißt ihm die Maske herunter: Es ist der Albino von Ghoul Malek.

## 21

Ich blicke auf Algier, und Algier blickt aufs Meer. Diese Stadt hat keine Gefühle mehr. Sie ist, soweit das Auge reicht, pure Ernüchterung. Ihre Symbole haben ausgedient. Ihre Geschichte beugt das Rückgrat, und ihre Denkmäler ducken sich unter dem Zwang zum Verzicht.

Algier ist besessen von fixen Ideen. Seine Sänger sind verstummt. Wo immer ihre Muse sie küßt, erleben sie, daß sie geknebelt wird. Erst wird ihnen die Flöte entrissen, dann die Feder geraubt, sie bleiben mit doppelt leeren Händen zurück und wissen nicht, wie den Puls der Erde fühlen, wie sie es einstmals taten, als wir alle Hexenmeister und Rutengänger waren.

Algier ist krank. Seine Träume werden abgetrieben wie mißgebildete Embryonen.

Algier ist ein Sterbehaus, Gott ein Tranquilizer, und keiner glaubt mehr, daß Glück eine Frage der inneren Einstellung ist.

Algier ist eine Wanderbühne, auf der nur Tragödien zur Aufführung kommen. Der heraufziehende Morgen wird zagende Geister so wenig verschonen wie Schakale einen angeschlagenen Artgenossen.

Ich parke meinen Zastava oberhalb von Notre-Dame. Weit in der Ferne, jenseits des Hafens, in dem die Kräne auf Halbmast stehen, erhebt sich das Monument der Märtyrer selbstvergessen auf seinem Hügel wie ein großer zurückgebliebener Junge. Die Kasbah blickt drein wie vom Meineid gepeinigt, sie ähnelt dem Skelett einer Heuschrecke, in dem die Ameisen turnen. Wie sich die Zeiten geändert haben.

Früher einmal war die Kasbah nicht gar so unglücklich. Sie war von einem starken Glauben beseelt. Sie war stolz auf ihre Handwerker, ihre Schuhmacher und die Chechia ihrer Ladenbesitzer. Vor allem aber verstand sie es, ihre Freude zu teilen und ihren Schmerz für sich zu behalten. Hier lebte Dahmane der Tätowierer, der auf die Brust der Zuhälter und die Arme der Matrosen die erstaunlichsten Gemälde zauberte. Roukaya die Heilerin wohnte hier, eine hundertjährige Blinde, die durch eine flüchtige Berührung mit ihrem Finger die schlimmsten Brüche wieder zusammenfügte. Und Alilou „Domino“, der in seinem Lieblingsspiel die zahllosen Rivalen mit Leichtigkeit abzuhängen pflegte, dieser verflixte Alilou, den der Schlag an jenem Tag traf, da er über Moha Didous Rausch ganz vergaß, beizeiten seinen Doppelsechser abzusetzen. Und auch Bahja wohnte hier, die rehäugige Vestalin, der sich niemand zu nähern wagte aus Angst, sie könne sich gleich einer Huri in Luft auflösen ...

Wir waren arm, doch wie die Seerosen, denen das von Algen faulige Wasser nichts anhaben kann, schwammen wir seltsam gelassen an der Oberfläche aller Enttäuschungen und blinzelten nach dem kleinsten Lichtstrahl, um uns von ihm aufmuntern zu lassen.

Doch nachdem der Kokon aufgeplatzt war und die Schwüre von einst sich in Feuer und Rauch aufgelöst hatten, ging die Sonne in unserem Gedächtnis unter. Es wurde Abend in den Herzen, ein Abend, den weder Mond noch Sterne erhellten, der keine Kühnheit, kein zärtliches Verlangen kannte. Die Dämmerung wob ihr Spinnennetz und fing unsere Gebete ab, ohne daß es irgendwen ernstlich beunruhigt hätte.

* * *

Ich bin ins Büro gefahren, um Hunderte von Fotos der Terrorismusopfer zusammenzusuchen. Lino wollte wissen, ob das für mein nächstes Buch sei. Ich gab keine Antwort.

Dann bin ich in die Rue des Pyramides gefahren. Ghoul Malek war nicht zu Hause. Ich schlug ein Fenster ein und stieg in seinen Palast.

Zwei volle Stunden habe ich gebraucht, um die Fotos an Wände, Bilder, Vorhänge, Teppiche, Stühle und Nippesfiguren zu heften. Unerträgliche Fotos erstochener Kinder, vergewaltigter Frauen, enthaupteter Greise, exhumierter Mütter, zerstückelter Soldaten, armer Prominenter, die zu Tode gefoltert worden waren. Nachdem ich die ganze schamlose Fülle der Einrichtung neu dekoriert hatte, streckte ich mich auf einem Diwan aus und starrte die Decke an, als wollte ich sie zum Einsturz bringen.

Die Nacht ist wie eine Maske heraufgezogen. Ich habe kein Licht angemacht und weitergeraucht.

Da fährt ein Wagen in den Hof, der Motor verstummt. Schritte kommen die Treppe herauf. Ein Klicken von Schlüsseln, die Tür geht auf und im Rahmen erscheint die elefantengleiche Silhouette von Ghoul Malek.

„Chérif!" ruft er.

Der Luster leuchtet auf.

„Was ist das für ein Saustall hier!" schreit der Nabob fassungslos.

„Das ist Ihr Meisterwerk, Monsieur Ghoul."

Einige Sekunden lang ist er sprachlos, als er mich hinter sich entdeckt. Dann bellt er: „Wer hat Ihnen erlaubt, hier hereinzukommen? Wo ist Chérif?"

„Sie meinen Ihren Moby Dick? Der ist ein für allemal untergegangen."

Sein Gesicht färbt sich feuerrot, seine Hängebacken zittern.

„Wie konnten Sie es wagen, bei mir einzudringen?"

„Das frage ich mich auch."

„Haben Sie den Verstand verloren, Kommissar?"

„Nun, sagen wir, ich habe viele Freunde verloren."

Es ist ein wahres Vergnügen zu sehen, wie der Adamsapfel in seinem krebsroten Hals auf- und abhüpft. Gleich darauf hat er sich wieder unter Kontrolle und geht zum Telefon.

„Lohnt sich nicht, Monsieur Ghoul. Wir sind vom Rest des Landes völlig abgeschnitten. Wir sind nur zu viert: der Teufel, Gott, Sie und ich."

„Sie machen sich lächerlich, Kommissar. Sammeln Sie Ihren Ramsch wieder ein und verschwinden Sie. Ich hatte einen harten Tag. Ich will allein sein."

Er geht.

„Ghoul!“ Mein Schrei fährt durch ihn hindurch. „Ich weiß alles.“

Er wiegt den Kopf, kommt zurück, lehnt sich gegen einen Sessel und mustert mich verächtlich:

„Was Sie nicht wissen, Kommissar, ist, welche Grube Sie sich gerade graben. Kleine Versager Ihres Kalibers stellen sich nicht gegen mich, sie liefern sich mir aus ... Sie sind gekommen, um mich zu verhaften? Das glauben Sie doch selber nicht. Einen Ghoul Malek verhaftet man nicht ... Was hoffen Sie mit Ihren idiotischen Bildchen zu erreichen? Mein Gewissen? Mich zu erweichen? Schuldgefühle bei mir zu wecken ...? Sie Idiot. Sie haben gar nichts verstanden. Seit Anbeginn der Welt gehorcht die Gesellschaft einer Drei-Stufen-Dynamik. Die einen regieren. Die anderen vernichten. Die dritten wachen darüber. Ein Staatschef braucht keine grauen Zellen, seine Krone reicht ihm. Ihnen, Kommissar, genügt voll und ganz Ihr Käppi. Begnügen Sie sich damit, die Ohren steif zu halten. Alles andere geht Sie nichts an. Die soziale Hierarchie wird von einer Energie gesteuert, die sich von der Regierung und ihren Untertanen nicht lenken läßt. Dieser Energie sind Skrupel fremd. Von Tabus hat sie nie etwas gehört. Was sie vorantreibt, ist einzig der Wunsch, der Nation in den Hintern zu treten, damit diese nicht in ihrer eigenen Scheiße einschläft.“

Ich weiß nicht, was plötzlich über mich kommt. Die Wut, die mir zuvor geholfen hatte, die Angst des Wartens zu überstehen, die Gedanken und Worte, die mich auf dem Diwan noch angestachelt hatten, sind plötzlich verpufft, wie fortgeblasen, und lassen in mir eine große Leere zurück. Der Dreckskerl macht mir Angst. Sein Blick schüchtert mich ein, am liebsten würde ich mich unter die Erde verkriechen. Es fehlte nicht viel und ich nähme, sobald er die Hand hebt, die Beine unter den Arm, ohne mich auch nur einmal umzusehen. Dieses Scheusal, dieses Ungeheuer, hat uns dreißig Jahre lang wie Sachen behandelt. Ich kann kaum glauben, daß ich noch immer aufrecht vor ihm stehe.

Und er redet und redet in einem fort ... In meinem Kopf brodelt es. Vereinzelt blitzen hier und da Satzfetzen auf, gehen unter, kommen wieder hoch:

„Jedes Land braucht eine Krise, um sich zu erneuern. Natürlich gibt es Scherben. Doch was ist eine Handvoll Märtyrer schon gegen eine Wiedergeburt? Sozusagen eine Notwendigkeit. Es stärkt den Glauben an die Heimat und bereitet auf die Opfer von morgen vor. (...) Die einzigen Aufgaben, die dem Volk zufallen, sind die Wahlen und der Krieg. (...) Sie sind ein Idealist, Monsieur Llob. Sie haben eine utopische Vorstellung vom Patriotismus. Überhaupt sind Sie selbst völlig obsolet. (...) Die Welt wandelt sich nach Maßgabe ihrer Bedürfnisse. Die Nation wird fortan nur nach dem beurteilt, was sie dem einzelnen bringt. Das ist ihre einzige Chance, ihre Überlebensgarantie. Heute schindet sich unser Land bis aufs Blut, um mit einem Kaiserschnitt das neue Algerien zu gebären, das Algerien von morgen – modern, stark, ehrgeizig. 1954 hatten wir einen schlechten Start. Unsere Revolution war ein einziges Fiasko. Der Beweis: nichts als Regression, Totalitarismus und Mittelmaß nach dreißig Jahren Unabhängigkeit. Dieser Krieg ist kein Fluch. Er ist ein unverhoffter Glücksfall, eine unerhörte Chance, ein Wink der Vorsehung. Wir stellen uns ihm. Wir führen ihn. Er ist unsere Visitenkarte, der Preis, den wir zahlen, damit man uns nicht von der neuen Weltordnung ausschließt. Wer von der Karikatur eines sozialistischen Systems auf den offenen Weltmarkt drängt, hat den Tribut zu entrichten. Und das machen wir gerade. Wir werden ein Land aufbauen, das es versteht, seine Chancen auszuhandeln, ohne sich kleinmachen zu müssen, denn Zugeständnisse machen wir schon genug durch diesen Krieg."

Er weist auf die Tür, herrscht mich an zu verschwinden und entfernt sich.

„Ich hasse es, jemanden in den Rücken zu schießen“, warne ich ihn.

Er hat die Hand schon am Geländer, dreht sich zu mir um, betrachtet meine Waffe und bricht in schallendes Gelächter aus.

„Jetzt sind Sie vollkommen übergeschnappt, Kommissar.“

Ich höre mich stammeln: „Es gibt, wie es heißt, drei Instanzen, die über die Menschen urteilen, Monsieur Ghoul. Das Gewissen, die Justiz und Gott. Die ersten zwei können sich irren, die dritte Instanz jedoch nie. Der werden Sie jetzt vorgeführt.“

Seine Züge verblassen mit einem Mal. Sein Gesicht wird aschfahl, seine Lippen wirken wie ausgedörrt.

„Das meinen Sie doch nicht im Ernst, Kommissar! Sie sind Polizist. Sie haben nicht das Recht dazu.“

„Ich fürchte, es ist das letzte Recht, das mir noch geblieben ist.“

Als ich wieder zu mir komme, merke ich, daß ich noch immer wie ein Rasender auf den Abzug drücke, während der Lauf meiner Waffe schon wieder abgekühlt ist.

# Nachwort

*Nous avons pris un mauvais départ dès 1954. Notre révolution était un fiasco (Wir hatten 1954 einen schlechten Start. Unsere Revolution war ein einziges Fiasko).* So bewertet Ghoul Malek in *Morituri* die Errungenschaften des algerischen Unabhängigkeitskampfes und bringt damit gleichzeitig zum Ausdruck, daß die Wurzeln des blutigen Konflikts in Algerien weit in die Geschichte des Landes zurückreichen und sich die gegenwärtige Situation nur aus dem komplexen Zusammenspiel von historischen, wirtschaftlichen, religiösen und politischen Fakten und Interessen verstehen läßt.

Nachdem der junge Staat 1962 seine Unabhängigkeit von Frankreich erlangt hatte, waren die folgenden Jahrzehnte von der Alleinherrschaft des FLN (*Front de libération nationale* – Nationale Befreiungsfront), einer stetig ansteigenden Bevölkerungszahl und einer anhaltenden Wirtschaftskrise geprägt. Lange Jahre hindurch wurde der Agrarsektor zugunsten der Industrialisierung des Landes sträflich vernachlässigt, und der Staat stellte für den Bau von Wohnungen, für die Schaffung kultureller und sozialer Einrichtungen oder für den Ausbau der Verkehrsinfrastruktur nur sehr geringe Mittel zur Verfügung. Die Notwendigkeit immer höherer Nahrungsmittelimporte einerseits und die sinkenden Einnahmen aus dem Erdölgeschäft als einziger Exportquelle Algeriens andererseits ließen die Auslandsverschuldung weiter anwachsen und führten das Land in eine dauerhafte Krise.

All diese Umstände, verbunden mit einer enorm hohen Jugendarbeitslosigkeit – drei Viertel der algerischen Bevölkerung waren 1988 jünger als 25 Jahre –, führten im Oktober ’88 zu Aufständen, die sich von Algier aus auf die anderen Städte ausdehnten und das Land in ein seit dem Unabhängigkeitskrieg nicht mehr dagewesenes Chaos stürzten. Das algerische Volk forderte politische und wirtschaftliche Reformen, schrie auf offener Straße nach Freiheit und Demokratie. Angesichts der Folgen, die

die Aufstände nach sich zogen, wird das Jahr 1988 gemeinhin als Wendepunkt in der Geschichte des jungen Staates angesehen, denn die Ereignisse des Oktober '88 leiteten eine neue Epoche in der algerischen Politik ein. Im Zuge des einsetzenden Demokratisierungsprozesses kam es unter anderem zu mehr Presse- und Versammlungsfreiheit und zu einer Liberalisierung des Parteiensystems, welche unter anderem zur Legalisierung des FIS (*Front islamique du salut* – Islamische Heilsfront) führte.

Die Gemeindewahlen im Juni 1990 bescherten dem FLN denn auch eine beschämende Niederlage, dem FIS hingegen einen überlegenen Sieg. Auch das Ergebnis des ersten Wahldurchgangs der Parlamentswahlen im Dezember 1991 brachte eine Absage an den seit rund dreißig Jahren allein herrschenden FLN und dessen korrupten Beamtenapparat und ließ die Oppositionspartei FIS als Sieger hervorgehen. Von nun an ging es Schlag auf Schlag. Im Jänner 1992 wurde der algerische Staatschef Chadli Bendjedid von der Armee zum Abdanken gezwungen. Der zweite Durchgang der Parlamentswahlen wurde annulliert und der Ausnahmezustand über das Land verhängt. Im März desselben Jahres wurde der FIS als Partei verboten. Im August 1992 forderte ein Bombenattentat am Flughafen von Algier, das den islamischen Fundamentalisten zugeschrieben wurde, zehn Menschenleben und zahlreiche Verletzte.

Dieses Attentat bildete den Auftakt für die blutigen Auseinandersetzungen, die sich die militanten Anhänger des FIS und die algerische Armee seither liefern und die das Land in einen Bürgerkrieg stürzten. Gezielte Attentate und Terroranschläge prägen bis heute den algerischen Alltag, begleitet von einem florierenden Schwarzmarkt, von einer ständig zunehmenden Jugendarbeitslosigkeit, einer nicht zu stoppenden Bevölkerungsexplosion und einer anhaltenden Wohnungsknappheit. Dazu gesellen sich die Machenschaften einflußreicher Politiker und der Finanzmafia sowie die permanente Angst vor Massakern, Entführungen und Terroranschlägen, die sich unter der algerischen Bevölkerung breitgemacht hat.

Diese Ereignisse bilden den Hintergrund für die Handlung von

*Morituri* und zwei weiteren Kriminalromanen – *Double blanc* und *L'Automne des chimères* – von Yasmina Khadra, deren französische Originalfassungen nur kurz nach *Morituri* im September 1997 beziehungsweise im Mai 1998 in Paris erschienen sind. Das aktuelle Geschehen in Algerien wird in diesen drei Romanen, die inhaltlich eine Einheit bilden, aus verschiedenen Blickwinkeln beleuchtet und kritisch kommentiert. Dabei ist es der Autorin ein Anliegen, der Komplexität des blutigen Konflikts gerecht zu werden und dem Leser ein differenziertes Bild der Situation zu liefern. Sie zählt somit zu jener Generation von frankophonen algerischen Autorinnen und Autoren, die die Kriegssituation in ihrer Heimat zum Thema ihrer Werke machen und die unter dem Schlagwort einer *écriture d'urgence*, eines (ein)dringlichen Schreibens beziehungsweise eines Schreibens in einer Notsituation zusammengefaßt werden können.

Diese *écriture d'urgence* wird in *Morituri* zu einem *cri d'urgence*, zu einem mahnenden und verzweifelten Aufschrei, der auch und vor allem außerhalb ihrer Heimat gehört werden soll. Yasmina Khadra hatte zuvor bereits zwei Kriminalromane mit Commissaire Llob als Hauptfigur in Algerien veröffentlicht *(Le Dingue au bistouri* und *La Foire des enfoirés). Morituri* ist ihr erster Roman, der gezielt für eine europäische Leserschaft geschrieben wurde, um ihr die Bürgerkriegssituation in Algerien näherzubringen und um sie auf die drastischen Verhältnisse und den täglichen Terror aufmerksam zu machen. Indem sie sich der staatlichen Zensur widersetzt und die Situation in ihrer Heimat kritisch hinterfragt, riskiert Yasmina Khadra, die immer noch in Algerien lebt und ihre Romane bisher nur unter einem Pseudonym veröffentlichen konnte, ihr Leben. Aber der große Erfolg ihrer Werke in Frankreich und auch in Algerien, wo *Morituri, Double blanc* und *L'Automne des chimères* wie schon die ersten beiden Bände der Commissaire-Llob-Reihe stark rezipiert und trotz des Risikos unter der Hand weitergegeben und gelesen werden, zeigt, daß ihr Aufschrei gehört wird. Trotz der Gefahren, denen Yasmina Khadra täglich ausgesetzt ist, verstummt sie nicht, sondern setzt ihre kritische Analyse des blutigen Konflikts fort und publizierte im August 1998 in Frankreich den Roman *Les Agneaux du Seigneur,* gefolgt von *A quoi rêvent les loups* im September 1999. Beide Werke schließen inhaltlich an die vorangegangenen an, sind jedoch nicht mehr der Gattung des Kriminalromans zuzuordnen.

Seit der Unabhängigkeit Algeriens im Jahr 1962 wurden bis heute nur dreiundzwanzig frankophone Kriminalromane von algerischen Autorinnen und Autoren publiziert, fünf davon von Yasmina Khadra. Insgesamt betrachtet ist die Anzahl algerischer Kriminalromane als sehr gering einzustufen, und sie spiegelt den langwierigen Implementierungsprozeß der Gattung in Algerien wider, der zwanzig Jahre dauerte und erst Anfang der Neunziger mit dem ersten Band der Reihe um Commissaire Llob seinen Abschluß fand. Erstmals in der Geschichte des algerischen Kriminalromans gelang es Yasmina Khadra, mit der Figur ihres Commissaire Llob einen typisch algerischen Durchschnittsbürger in den Mittelpunkt ihrer Romane zu stellen, einen integren Polizeikommissar mit traditionellen Werten und kleinen Schwächen, die den brummigen Protagonisten umso liebenswürdiger erscheinen lassen. Llob steht mit beiden Beinen fest auf dem Boden, auf algerischem Boden, den er als glühender und besorgter Patriot tapfer verteidigt. Auch die Inhalte der Romane ließen keinen Zweifel an der *algérianité* der Reihe und trugen dazu bei, daß sich die Gattung am Ende des 20. Jahrhunderts endgültig in der algerischen Literaturlandschaft verankerte.

Bei näherer Betrachtung des Werks von Yasmina Khadra fällt auf, daß alle fünf genannten Romane in ihrem Aufbau strikt den formalen Kriterien des *roman noir* folgen, einer Untergattung des Kriminalromans, die sich vor allem dadurch auszeichnet, daß die beiden Handlungsstränge von Verbrechen und Ermittlung parallel laufen. Das Verbrechen steht also nicht als Rätsel am Anfang der Handlung, es hat weder den Charakter des Außergewöhnlichen noch die Funktion eines bloßen Reizes, sondern wird vielmehr zu einem Ereignis, dessen Ausführung und Bekämpfung der Leser im Laufe des Romans miterlebt. Auf inhaltlicher Ebene kann das Verbrechen im *roman noir* zur subtilen Anklage einer korrupten oder insgesamt „gestörten“ Gesellschaft eingesetzt werden oder den Anknüpfungspunkt für sozialkritische Überlegungen bilden. In diesem Sinne bleibt auch der Schluß des *roman noir* meist offen. Die Täter können zwar in vielen Fällen gestellt werden, was jedoch nicht immer bedeutet, daß auch die Gefahr abgewendet und die ersehnte Lösung des Problems herbeigeführt wird. Zu komplex sind die Gründe, die Menschen zu Verbrechern werden lassen. Zieht man die genannten Gattungsmerkmale in Betracht, so wird deutlich, daß Yasmina Khadra im *roman noir* ein maßgeschneidertes Genre gefunden hat, um den Konflikt in Algerien kritisch zu beleuchten und einem breiten Publikum näherzubringen, geht es ihr doch weniger um das Aufzeigen von Lösungen als vielmehr um eine möglichst realitätsnahe und komplexe Darstellung der Krise in ihren Ursachen und Zusammenhängen, in ihrer Dramatik und Ausweglosigkeit.

Im Mittelpunkt der Romane von Yasmina Khadra steht der schroffe, aber sensible Protagonist der Reihe, Commissaire Llob, der sich nicht nur als Polizeikommissar, sondern auch als Schriftsteller für Aufklärung und Gerechtigkeit einsetzt und somit doppelt Gefahr läuft, Opfer eines Attentats zu werden. Und wenn er im Roman auch nicht auf der Todesliste von *Abou Kalybse* aufscheint, so gehört Commissaire Llob doch zu den *morituri*, den todgeweihten Gladiatoren der Gerechtigkeit, also zu jenen Schriftstellern, Komödianten, Gelehrten, Universitätsangehörigen und Journalisten, die im Laufe des Romans bedroht und teilweise umgebracht werden. Die Gefahr, der Llob sich als Kommissar aussetzt, zeigt sich nicht nur in den Todesdrohungen, die er und seine Familie erhalten, sondern auch im Schicksal zweier Kollegen. Während der eine der permanenten Bedrohung nicht mehr standhält, dem Alkohol verfällt, arbeitsunfähig wird und sich völlig in sich zurückzieht, wird der andere auf grausamste Weise von Terroristen ermordet. Dies hält Llob jedoch nicht davon ab, seine Ermittlungen fortzusetzen und mit kritischem Auge und tiefer Sorge die Entwicklung in seiner Heimat zu verfolgen.

Das Bild Algeriens, das Yasmina Khadra aus der Perspektive des

Protagonisten zeichnet, spiegelt die komplexen Verhältnisse wider, die zur gegenwärtigen Situation geführt haben, und ist als Absage an eine vorverdammende Schwarzweißmalerei zu sehen, die allein islamische Fundamentalisten als Schuldige des Bürgerkriegs an den Pranger stellt. Yasmina Khadra macht deutlich, daß die Täter in allen Bevölkerungsschichten zu finden sind und wie stark ehemalige Politiker und führende Köpfe des FLN in den gegenwärtigen Konflikt involviert sind. Dem Leser wird klar, daß die politischen und sozialen Verhältnisse der vergangenen Jahrzehnte die Krise in Algerien heraufbeschwört haben und daß die Drahtzieher der blutigen Ereignisse teilweise aus den höchsten Regierungskreisen hervorgingen. Khadra scheut sich nicht, jene „Kriegsgewinnler" anzuprangern, die zum richtigen Zeitpunkt die Seite gewechselt haben, nun in ihren bewachten Villen Feste feiern und Macht und Kapital unter sich aufteilen, während in anderen Vierteln der algerischen Hauptstadt soziale Mißstände die Einwohner auf die Straße treiben und zu Verbrechern werden lassen. Dies verdeutlicht nicht nur die Komplexität der Krise in Algerien, sondern auch deren Ausweglosigkeit. Denn solange nur das algerische Volk leidet, führende Wirtschaftstreibende und Politiker jedoch Kapital aus der Situation schlagen, ist ein Ende des Konflikts nicht abzusehen.

Daß in *Morituri* ausgerechnet ein Schriftsteller für den Tod Dutzender Intellektueller verantwortlich zeichnet, ist als weiteres Indiz dafür anzusehen, wie sehr sich die Lage in Algerien zugespitzt hat und wie hoffnungslos sie erscheint. Während zahlreiche Autoren es aufgrund von Drohungen nicht mehr wagen, ihre Stimme zu erheben, und aus Angst verstummen – *les troubadours ne chantent plus* –, müssen die anderen mit dem Leben bezahlen oder werden auf andere Art zum Schweigen gebracht – *partout où porte leur muse, ils* [les troubadours] *la voient muselée.* Indem Yasmina Khadra ihren Protagonisten nicht nur als Kommissar, sondern auch als Schriftsteller agieren läßt, macht sie deutlich, daß es ungeachtet der Gefahren gerade in der gegenwärtigen Situation die Aufgabe der Künstler und der Intellektuellen ist, die Entwicklungen innerhalb des Landes zu verfolgen und auf die

Mißstände aufmerksam zu machen. Genau diesen Schritt wagt Yasmina Khadra in ihren Romanen und läßt sich nicht davon abhalten, den *pouls de la terre* zu fühlen, auch wenn sie weiß, daß sie Gefahr läuft, diesen Mut mit dem Leben zu bezahlen.

Daß von seiten der Regierenden keine Lösung des Konflikts zu erwarten ist, zeigt Yasmina Khadra in *Morituri* auf sehr eindringliche Art und Weise. Neben den Intellektuellen setzt sie ihre Hoffnung auf das algerische Volk, auf all jene Männer und Frauen, die nicht verstummen und sich trotz der Drohungen für freie Meinungsäußerung und Gerechtigkeit einsetzen. Diese Hoffnung nimmt im integren und unbestechlichen Commissaire Llob Gestalt an, dessen Idealismus angesichts der Ereignisse in seiner Heimat wie ein Relikt aus einer längst vergangenen Zeit anmutet. Gemäß den Worten des 1993 auf offener Straße ermordeten algerischen Schriftstellers Tahar Djaout, *Si tu parles, tu meurs. Si tu te tais, tu meurs. Alors, parle et meurs (Wenn du redest, stirbst du. Wenn du schweigst, stirbst du. Also rede und stirb)*, die Yasmina Khadra in *Morituri* aufnimmt, ignoriert der unerschrockene Polizeikommissar und Schriftsteller die tödlichen Gefahren, denen er sich Tag für Tag aussetzt, durchleuchtet mit kritischem Blick die Einheitspartei, stellt die Finanzmafia an den Pranger und verdammt das todbringende Werk der Fundamentalisten. Er „spricht" über die sozialen Ungerechtigkeiten in seiner Heimat, über die Misere der armen Bevölkerungsschichten, die Frustration der arbeitslosen Jugendlichen, die Brutalität des herrschenden Bürgerkriegs und die triste Lage in Algier. Die als „weiße Stadt" bekannte Hauptstadt hat in *Morituri* ihren ehemaligen Glanz längst verloren, sie zeigt sich in „Schwarz", ist gezeichnet von Angst, Schrecken, Trauer und Tod.

Am Ende des Romans läßt Yasmina Khadra ihren Commissaire Llob ein dreigliedriges Instanzensystem für die Wahrung der Gerechtigkeit präsentieren, das sich aus dem eigenen Gewissen, der Gerichtsbarkeit und letztlich Gott zusammensetzt. Indem Llob den Hauptverantwortlichen für die Verbrechen eigenmächtig tötet, wird unausgesprochen eine weitere Instanz zwischen die Gerichtsbarkeit als institutionalisiertes System zur Wahrung der

Gerechtigkeit einerseits und der göttlichen Gerechtigkeit andererseits eingeführt, nämlich die Selbstjustiz. Als letzter Ausweg wird diese Form von Gerechtigkeit als personifiziertes, von niederen, radikalen oder korrupten Ideen freies, gerechtes Volksempfinden präsentiert. Llob selbst jedoch scheint sich der Dimension seines Handelns nicht bewußt zu sein, hofft er doch nur, damit den Täter der göttlichen Instanz und somit der gerechten Bestrafung zuzuführen, nachdem das Gewissen des Verbrechers bereits versagt hat und von der algerischen Gerichtsbarkeit als zweiter Instanz erfahrungs gemäß keine Gerechtigkeit zu erwarten ist. Eine solche Zwischeninstanz ist nicht nur als Absage an das etablierte, verfassungsmäßig legitimierte Staatsgefüge – die Gerichtsbarkeit ist als eine tragende Säule desselben anzusehen – zu interpretieren, sondern auch als eine Anklage der Regierungsverantwortlichen, die nicht in der Lage sind, einen funktionierenden Rechtsstaat aufrechtzuerhalten.

Mögen noch so hehre Werte und reine Ideale hinter der Entscheidung stehen, so kann aber auch Selbstjustiz nicht der richtige Weg sein. Die Gefahren, die mit einer solchen Vorgehensweise verbunden sind, sind unabsehbar, gilt es doch zu Recht als eine der bedeutendsten Errungenschaften moderner Sozialsysteme, den Schritt von individuell verschiedenen Wertungen als letztem Handlungsmaßstab hin zum kollektiv legitimierten Wertesystem eines modernen Rechtsstaats gemacht zu haben. Somit bringt Yasmina Khadra den Konflikt in ihrer Heimat in der Schlußszene noch einmal auf den Punkt und verdeutlicht auf sehr eindringliche Art und Weise, daß die Krise in Algerien die Grundfesten des Gesellschaftssystems durchdrungen und deren grundlegende Werte zunichte gemacht hat. Llob selbst spricht sich zwar im Laufe des Romans explizit gegen den Weg der Vergeltung aus, würde dies doch bedeuten, selbst zum Mörder zu werden und sich an dem blutigen Spiel zu beteiligen. In einem Land, in dem sich die *justice*, die Gerechtigkeit, aber auch das Recht, an den Meistbietenden verkauft – wie Salah Doba die Lage in Algerien beschreibt –, hat aber auch Commissaire Llob keine Wahl. Wenn ihm in der Schlußszene, der im Kriminalroman üblicherweise eine besondere Bedeutung zukommt, nur Selbstjustiz als letzter Ausweg bleibt, so verdeutlicht das Ende von *Morituri* umso drastischer den Ernst der Lage in Algerien, wo offenbar der Gerechtigkeit im Kleinen nur mehr über einen fatalen Rückschritt im Großen Raum gelassen wird.

Beate Burtscher-Bechter
Innsbruck, im August 1999

Wie in *Morituri* die politische Situation in Algerien Hintergrund und Ausgangspunkt für die Kriminalhandlung bildet, sind in einem weiteren Roman des Haymon-Verlags die sozialen Verhältnisse in Süditalien über das Schicksal der Protagonisten hinaus das eigentliche Thema:

Peppe Lanzetta

## Roter Himmel über Napoli

Roman

Aus dem Italienischen von Kurt Lanthaler

*13 x 21 cm, 160 Seiten, Hardcover*

Der italienische Kabarettist, Liedtexter, Autor und Schauspieler entführt uns in diesem Thriller in seine Heimatstadt Neapel. Wie in allen seinen Texten erzählt er auch in diesem Roman vom Überlebenskampf der Unterprivilegierten in den Vorstädten. Er „singt" aber auch von Freundschaft und Liebe, von Festen und Musik, vom Zauber des Frühlings und den Schönheiten des Meeres. Lanzetta kennt die Träume der Heranwachsenden, die ausbrechen möchten aus dem Elend und dem kleinbürgerlichen Stumpfsinn, aus der Welt der Camorra und ihrer Handlanger. Zu ihnen gehört Anna, La Rossa genannt, die Rote. Inmitten der Trostlosigkeit von Familie und Umwelt lernt sie die Liebe kennen, doch Marco, ihr Freund, verfällt der Droge. Sie trennt sich von ihm und will ein neues Leben beginnen. Da wird Marco, der sich mit der Camorra eingelassen hat, tot aufgefunden. Auf der Suche nach seinen Mördern kommt La Rossa in Kontakt mit dem Boß des Viertels und schmiedet verzweifelte Rachepläne…

Die Übersetzung des Romans stammt von Kurt Lanthaler, dem Autor der *Tschonnie-Tschenett*-Romane *Der Tote im Fels*, *Grobes Foul*, *Herzsprung* und *Azzurro*, alle ebenfalls im Haymon-Verlag erschienen.